DAS LÄMMCHEN

CHRISTOPH VON SCHMID

copyright © 2023 Culturea éditions
Herausgeber: Culturea (34, Hérault)
Druck: BOD - In de Tarpen 42, Norderstedt (Deutschland)
Website: http://culturea.fr
Kontakt: infos@culturea.fr
ISBN:9791041939060
Veröffentlichungsdatum: FEBRUAR 2023
Layout und Design: https://reedsy.com/
Dieses Buch wurde mit der Schriftart Bauer Bodoni gesetzt.

ER WIRT MIR GEBEN

ERSTES KAPITEL.CHRISTINE UND IHRE MUTTER ROSALIE.

Christine, ein armes Mädchen von etwa zehn Jahren, pflückte in dem Walde Erdbeeren. Es war ein heißer Nachmittag, und an den sonnichten Waldplätzen, wo kein kühlendes Lüftchen hinkam, war es fast zum verschmachten schwühl. Ihr leichtes Strohhütchen vermochte nicht mehr den brennenden Sonnenstrahlen zu wehren. Die hellen Schweißtropfen standen ihr beständig auf der Stirne, und ihre Wangen waren wie Glut. Dennoch pflückte sie, ohne aufzusehen, emsig fort. „Denn, sagte sie freudig, indem sie mit ihrem weißen Tuche den Schweiß abwischte, es ist ja für meine kranke Mutter. Das Geld, das ich aus den Beeren erlöse, verschafft ihr doch wieder eine kleine Erquickung!"

Gegen Abend ging sie, mit ihrem Körbchen voll Beeren am Arme, durch den Wald nach Hause. Es fing an zu regnen. Immer lauter rauschten die Regentropfen in den Blättern der Bäume, und aus der Ferne her donnerte es sehr stark. Als sie aus dem Walde heraus kam, erhob sich ein Sturmwind; ein heftiger Platzregen schlug ihr entgegen, und an dem glühendrothen Abendhimmel standen dunkle Gewitterwolken, wie Gebirge auf einander gethürmt. Sie suchte sich, fern von den hohen Bäumen, unter niedrigen Haselstauden ein sicheres Plätzchen, stand hier unter, und wartete, bis das Gewitter vorüber wäre.

Allein mit Einem Mahle hörte sie in dem nahen Erlengesträuche ein klägliches Geschrey — fast wie das Geschrey eines kleinen Kindes. Das gute mitleidige Mädchen ließ sich von Sturm und Regen, Blitz und Donner nicht abhalten, nachzusehen, was es doch wohl seyn möge? Sie ging hin — und sieh da! es war ein kleines, zartes Lämmchen, das vom Regen tröpfelte, zitterte und nicht wußte wohin. „Ach du armes, armes Thierchen! sagte Christine. Nein, du sollst nicht umkommen. Komm, ich nehme dich mit mir nach Hause." Sie nahm das Lämmchen sorgfältig in die Arme, und eilte damit, sobald der Regen nachließ, ihrer kleinen, strohbedeckten Wohnung zu.

„O sieh doch, liebe Mutter, rief sie, so bald sie in das niedre, reinliche Stübchen trat — sieh doch, was ich da gefunden habe! Sieh, ein wunderschönes Schäflein! O wie glücklich war ich! Wie will ich es pflegen! Es soll meine ganze Freude seyn!"

„Kind, sagte die kranke Mutter, indem sie sich in dem Bette aufrichtete und den Kopf auf die Hand stürzte, du vergissest in deiner Freude, daß dieses Lämmchen schon seinen Herrn haben muß. Es ist bloß verloren — und da müssen wir es wieder zurückstellen. Gewiß gehört es dem reichen Bauern auf dem Eichhofe. Fremdes Gut sollen wir nicht einmal über Nacht im Hause behalten. Trag' es also heute noch hin."

„Ihr seyd nicht gescheid, rief jetzt eine rauhe Stimme zum offnen Fenster herein; man muß nicht alles so genau nehmen!" Der Mann, der dieses sagte, war ein Maurer, der draußen an der Mauer des kleinen Hauses etwas ausbesserte und ihr Gespräch behorcht hatte. Mutter und Tochter blickten ihn erschrocken an. Er aber sprach weiter: „Macht keine so seltsamen Gesichter! Ich meyne es gut. Wir wollen das Thierchen metzgen, und es mit einander theilen. Das Fleisch giebt gerade ein Paar kleine Braten, und das Fellchen ist auch noch einige Kreuzer werth. Der reiche Bauer hat über hundert schöne, große Schafe; ob er das winzig kleine Ding da noch habe oder nicht, daran ist nichts gelegen. Ich will es also geschwind schlachten. Ihr dürft euch dabey nicht fürchten. Es siehts ja niemand. Und mir dürft ihr schon trauen. Ich kann schweigen — sagte er und warf eine Kelle voll Mörtel an die Wand — wie eine Mauer."

Christine entsetzte sich über die Reden des Mannes. Der Gedanke, das Lämmchen zu behalten, kam ihr jetzt abscheulich vor. „Ihr habt Unrecht! sagte sie zu dem Maurer. Was kein Mensch sieht, sieht doch Gott! Du aber, liebe Mutter, hast Recht — und mich wundert nur, daß mir das, was du sagtest, nicht von selbst einfiel. Ich hätte das Schäflein — fuhr sie fort und Zähren traten in ihre blauen Augen — freylich so gern, o so gern behalten! Allein dem lieben Gott müssen wir willig gehorchen." Sie wickelte das Lämmchen in ihre Schürze, und wanderte damit dem Eichhofe zu, obwohl es noch nicht ganz aufhörte zu regnen und die Sonne bereits unterging.

Als Christine, auf dem Eichhofe ankam, stand die Bäuerin, mit ihrem kleinsten Kinde auf dem Arm, eben vor der Hausthüre, und die größeren Kinder standen um sie her. Sie betrachteten andächtig den schönen Regenbogen, der jetzt nach dem Gewitter in der ganzen Pracht seiner sieben Farben im schwarzgrauen Gewölke zu sehen war. „Seht den Regenbogen an, sprach die Mutter, indem sie mit ausgestrecktem Arme darauf hinzeigte, und preiset Denjenigen, der ihn gemacht hat. In dem flammenden Blitze und dem furchtbaren Donner zeigt uns Gott seine große Macht und Herrlichkeit; in den schönen Farben des Regenbogens aber seine Güte und Freundlichkeit."

Christine ergötzte sich bald an den lieblichen Farben des Regenbogens, bald an den lächelnden Gesichtchen der Kinder, und schwieg, bis der Regenbogen verschwunden war. Nun nahm sie das Lämmchen aus ihrer Schürze hervor, stellte es auf die Füße, und erzählte, wie sie es gefunden habe.

„Das ist ja recht schön und brav, sagte die Bäuerin freundlich, daß du noch so spät am Abend und noch dazu im Regen da herausgehest! Du bist ein sehr gutes, grundehrliches Mädchen."

„Ja wahrhaftig, das ist sie! sprach der Bauer, der jetzt auch zur Hausthüre herauskam. So ehrlich und rechtschaffen, wie dieses arme Mädchen, müßt ihr auch seyn und bleiben, meine Kinder! Besser ists, nicht einmal ein einziges Schäflein im Vermögen haben, und dabey ehrlich und redlich seyn, als hundert Schafe besitzen, und dabey ehrlos und unredlich seyn. Die Ehrlichkeit, mit der das arme Kind hier das Lamm zurück gab, ist ein Schatz im Herzen, der reicher macht, als eine ganze Schafheerde — und diesen Schatz kann uns kein Wolf und kein Feind rauben."

Franz, der Knabe des Bauers, lief jetzt zum Schafstalle hin, und führte das alte Schaf heraus. Wie da das Junge darauf zusprang und sich freute! Christine sah das so mit an und sagte: „Schon um dieser Freude willen, die das arme Thierchen jetzt hat, reuet es mich nicht, daß ich es zurückgab — so lieb es mir auch war, und so gern ich es behalten hätte!"

„Weißt du was, sprach der Bauer, da du so ehrlich bist und an dem Thierchen eine so große Freude hast, so will ich es dir schenken. Jetzt würde es dir aber nichts helfen. Es kann noch nicht ohne Milch leben und würde elend umkommen. Allein in vierzehn Tagen wird es stark genug seyn, sich von Gras und Kräutern zu ernähren — und dann soll mein Franz es dir bringen."

„Gieb aber dann wohl darauf Acht! sagte die Bäuerin. Es kostet dich nicht viel es aufzuziehen. Während du Erdbeeren sammelst oder strickest, kannst du es leicht hüthen, und so viel Gras kannst du auch leicht sammeln, und zu Heu auftrocknen, als es für den Winter nöthig hat. Wenn es einst groß ist, wird die Milch dir und deiner Mutter in eurer kleinen Haushaltung wohl kommen, und die Wolle giebt euch jährlich einige Paar Strümpfe."

„Und wenn ihr glücklich damit seyd, sprach der kleine Bauerknabe, so könnet ihr wohl noch gar eine ganze Schafheerde bekommen!"

Christine mußte nun noch mit Brod eingebrockte Milch und ein Butterbrod mit essen — und die gute Bäuerin gab ihr überdies noch ein schönes Stück goldgelbe Butter, das sie in grüne Rebenblätter einmachte, und ein Dutzend Eyer mit nach Hause. „Bring das deiner Mutter, sagte sie, indem sie die Eyer vorsichtig in die Schürze that; ich lasse sie freundlich grüßen und Gott wolle sie bald gesund werden lassen."

Christine eilte voll Freude durch das blumige Thälchen ihrer Hütte zu. Der Himmel hatte sich indeß aufgehellt, und der Abendstern und ein zartes Streifchen des Mondes, der heute das erste Mal wieder sichtbar war, glänzten freundlich in das Thal. Alle Blumen und Kräuter tröpfelten noch von Regen, und dufteten von Wohlgeruch. Es war Christinen unbeschreiblich wohl um das Herz. „Nach einem Gewitter, dachte sie, sind Himmel und Erde zwar immer schöner; allein so schön und freundlich, wie diesen Abend, sind sie mir noch nie vorgekommen."

Sie erzählte dieses, als sie nach Hause kam, ihrer Mutter. „Siehst du, sprach die Mutter, das ists eben, was ich dir immer sage. Es ist die Freude des guten Gewissens. Wenn wir recht thun, so erfüllt süßer Friede unser Herz. Gott giebt uns durch das Gewissen zu erkennen, daß Er mit uns zufrieden sey. O Christine, gieb daher der Stimme deines Gewissens immer Gehör, und thu nie etwas anders, als was vor Gott recht und gut ist. Du weißt wohl, wir sind arm und haben wenig in der Welt. Aber laß uns nur ein gutes Gewissen bewahren, so sind wir reich genug, und es fehlt uns nie an Freude — ja die edelste und süßeste aller Freuden ist dann unser."

Christine zählte nun alle Tage, bis sie ihr Lämmchen bekommen würde. Sie hätte auch alle Tage in den Kalender gesehen, wenn sie einen im Hause gehabt hätte. Nun sah sie aber alle Abende nach dem Monde, und ging dann vergnügt zu Bette. „Denn, sagte sie, wenn er voll ist, bekomme ich mein Lämmchen."

Endlich ward es Vollmond, und der Mond nahm wieder merklich ab — allein das Lämmchen wollte nicht kommen. Christine wartete — und wartete —

und hatte bereits alle Hoffnung aufgegeben. „Ich werde von meinem Schäflein wohl nichts mehr sehen!" sagte sie eines Abends, als sie eben traurig neben dem Bette ihrer Mutter saß. „Habe Geduld, sagte die Mutter; Geduld bringt Rosen." Und sieh — da ging auf einmal die Stubenthüre auf, und der muntere Bauernknabe trat mit dem Lamme und einem Korbe voll frischen, grünen Futters herein. Christine sprang vor Freude auf, kniete zu dem Lämmchen hin, streichelte es freundlich und sagte: „O wie groß und schön es indeß geworden ist! Ich kenne es ja fast nicht mehr! Und wie die Wolle so schön weiß und zart geringelt ist! O jetzt ist meine Freude erst vollkommen."

„Ich wollte dir das Lämmlein schon vor einigen Tagen bringen, sagte der Knabe. Allein mein Vater sagte: Laß es noch eine Zeit da. Es gedeiht dann besser, und wird noch größer und stärker."

„Du und deine Aeltern sind doch recht gut! sprach Christine. Wenn ich nur nicht so arm wäre, und dir auch etwas schenken könnte! Allein von der ersten Wolle, die ich von dem Schäflein bekomme, stricke ich dir ein schönes Paar Strümpfe. Du sollst gewiß sehen, daß ich die Wahrheit rede."

Der Knabe ging, und Christine führte das Lamm in den kleinen Stall, der sich im Hause befand, und streute ihm Futter vor. Das Lamm gewöhnte sich bald an sie, und wurde so zahm, daß es das Brod aus ihrer Hand aß, aus ihrem Schälchen Milch trank, und ihr wie ein Hündchen nachlief. Christine durfte nur rufen, so kam das Lamm sogleich daher gesprungen. Wenn nun die Mutter es so mit ansah, was für eine große Freude Christine mit dem Lämmchen hatte, da sagte die Mutter öfter: „Nicht wahr, jetzt reuet es dich doch nicht, daß du mir gefolgt und das Lämmchen zurück gegeben hast?" „O Mutter! antwortete Christine, wie mein Lämmlein mir auf den Ruf folgt, so will ich dir immer folgen. Denn ich weiß es ja, du liebst mich doch noch unendlich mehr, als ich mein Lämmchen."

ZWEYTES KAPITEL.FRAU VON WALDHEIM UND IHRE TOCHTER EMILIE.

Das Dörflein, in dem Christine lebte, lag unten an einem waldichten Berge. Oben aus den Eichen des Berges ragte ein altes Schloß mit einem großen Thurme hervor. Hier wohnte seit einigen Wochen die Frau von Waldheim. Das Schloß hatte ehemals ihr gehört; allein nach dem Tode ihres Gemahls war es ihr blos zu ihrem Wittwensitze angewiesen worden. Sie hatte sich hier, weil das Schloß etwas vergangen war, einige Zimmer neu eingerichtet, die eine sehr schöne Aussicht hatten, und lebte nun da in ländlicher Einsamkeit ganz der Erziehung ihrer einzigen Tochter Emilie, eines sehr liebenswürdigen Fräuleins von Christinens Alter.

Christine kam, so lange es Erdbeeren gab, beynahe täglich in das Schloß. Fräulein Emilie kaufte die Beeren von niemand lieber als von ihr, und nannte sie nur ihr artiges Erdbeermädchen. Denn die Beeren, die Christine pflückte, waren alle vollkommen reif und roth wie Scharlach; die Schale, in der sie die Beeren brachte, war, wiewohl nur von geringem Porzellane, weiß und rein wie Schnee; und die Reinlichkeit ihrer Hände und ihres ganzen Anzuges schickte sich genau zu dem reinlichen Geschirre.

Indessen war Christine acht Tage nicht mehr in das Schloß gekommen. Emilie, der die Erdbeeren lieber als alles Zuckerwerk waren, beklagte sich öfter, daß ihr Erdbeermädchen so lange ausbleibe. Eines Morgens kam endlich Christine wieder in das Schloß. Die Köchin ging in das Zimmer der Herrschaft, sie zu melden, und Christine blieb indessen draußen stehen. Emilie kam sogleich heraus und sagte: „Warum ließest du mich denn so lange ohne Erdbeeren? Das ist nicht schön! Du weißt ja, daß ich immer nur von dir kaufte. Wenn du so wenig Aufmerksamkeit für mich hast, so wirst du meine Kundschaft verlieren."

Christinens blaue Augen füllten sich mit Thränen. „Ach, gnädiges Fräulein, sagte sie, meine Mutter ist schon den ganzen Frühling krank. Diese Woche aber war es so schlimm mit ihr, daß ich mir sie nicht eine Stunde zu verlassen getraute. Nur gestern Abends wurde sie ein wenig besser, und da eilte ich heute sogleich mit Anbruch des Tages in den Wald, um wieder einmal einige Kreuzer für sie zu verdienen."

Emilie sprach: „Warum hast du mir aber nicht schon längst von der Krankheit deiner Mutter gesagt? Meine Mutter ist nicht hart gegen die Armen. Sie hätte es euch in dieser Noth gewiß nicht an Unterstützung fehlen lassen."

„O gnädiges Fräulein, sagte Christine, ich weiß wohl, daß Sie und die gnädige Frau Mutter gegen die Armen sehr gütig sind. Allein meine Mutter sagt: So lange man sein Brod selbst erwerben kann, muß man Andern nicht zur Last fallen. Es giebt viele Arme, die gar nichts mehr erarbeiten können. Es wäre Sünde, diesen das Brod abzustehlen."

Diese Worte gefielen Emilien sehr wohl. „Warte hier ein wenig!" sagte sie freundlich, und eilte in das Zimmer, mit ihrer Mutter zu reden. Ihre Mutter, die Frau von Waldheim, wollte Christinen sehen. Emilie führte sie herein — und Christine erstaunte nicht wenig über das prächtige Zimmer, die lieblich-grünen mit bunten Blumenkränzen bemahlten Wände, den großen Spiegel mit goldenem Rahmen, die zierlichen Schränke und Tische von glänzend braunem Holze, das Kanapee und die Sessel mit grünseidenen Ueberzügen und den eingelegten, geglätteten Boden. In ihrem Leben hatte sie noch nichts dergleichen gesehen, und es wandelte sie bey dem Anblicke all dieser Pracht eine Art von Ehrfurcht an.

Die gnädige Frau aber, die eben an ihrer Stickrahme saß, ward innig gerührt, als sie das arme schüchterne Kind in seinem dürftigen, aber reinlichen Kleidchen von weiß und roth gestreifter Leinwand, mit seinem gelben Strohhütchen, auf dem ein Sträußchen von Erdbeerkraut voll weißer Blüthen und rother Beeren steckte, mit den hellen Thränen in den blauen Augen, und der reinlichen Schale voll Erdbeeren in der zitternden Hand so bey der Thüre stehen sah.

„Komm doch näher zu mir her, sagte sie freundlich. Du darfst dich nicht fürchten." Indem Christine näher trat, erblickte sie ihr Bild im Spiegel. Sie hatte noch nie einen großen Spiegel gesehen; der ihrige zu Hause war nicht größer, als ein Taschenkalender. Sie glaubte im ersten Augenblicke noch ein anderes Erdbeermädchen, das ihr die Kundschaft streitig machen wolle, gehe auf sie zu. Sie blieb verwundert stehen. Am meisten aber erstaunte sie darüber, daß dieses Mädchen gerade so wie sie gekleidet sey, eben ein solches Strohhütchen mit einem Erdbeersträußchen aufhabe, und eben eine solche Schale mit Erdbeeren in der Hand halte. Indeß merkte sie bald, daß sie sich geirrt habe, und wurde über und über roth.

Frau von Waldheim lächelte über den unschuldigen Irrthum des armen Kindes und erkundigte sich auf das liebreichste nach den Umständen der kranken Mutter. Christine bekam wieder Muth und gab auf jede Frage eine verständige Antwort. Als sie aber von der Armuth und den vielen Leiden und Schmerzen ihrer lieben Mutter erzählte, konnte sie vor Betrübniß fast nicht mehr reden. Sie schluchzte und reichliche Thränen floßen über ihre Wangen.

„Weine nicht so, liebes Kind, sagte die gnädige Frau; ich werde für deine Mutter sorgen. Du mußt mir jetzt nur noch sagen, wo ihr wohnet?" „In der letzten Hütte des Dorfes, antwortete Christine. Sie können aus dem Fenster hier das Strohdach dort zwischen den Bäumen sehen." „Nun wohl, sprach Frau von Waldheim, das kleine Haus mit den weißen Mauern und dem gelben Dache nimmt sich zwischen den dunkelgrünen Bäumen sehr artig aus. Da wohnt also deine Mutter. Und wie heißt sie denn?" „Sie heißt Rosalie West, sagte Christine; in dem Dorfe heißt man sie aber gewöhnlich nur die arme Rosalie."

Die gnädige Frau bezahlte hierauf die Erdbeeren dreyfach, und befahl, die Porzellanschale, in der Christine die Beeren gebracht hatte, mit der besten Fleischsuppe für die kranke Mutter zu füllen.

„Das ist ja ein überaus liebes, gutes Kind! sagte die Frau von Waldheim zu Emilien, als Christine fort war. Ich will nicht einmal etwas davon sagen, daß sie bey all ihrer Armuth schon in ihrem Aeußerlichen ein Muster der Reinlichkeit und Ordnung ist. Allein ihre Liebe zu ihrer Mutter geht über alles. Ein solches Herz voll kindlicher Liebe ist mehr werth, als ein Diamantstern auf der Brust. O Emilie! wenn ich einmal — was zu seiner Zeit auch eintreffen wird — so krank und elend daläge, wie Christinens Mutter, würdest du wohl auch so zärtlich um mich besorgt seyn, meiner so liebreich pflegen, und so vieles für mich thun?"

Emilie, der bey Christinens Erzählung die Thränen schon immer in den Augen standen, fiel ihrer Mutter weinend um den Hals. „Das wolle Gott verhüthen, sprach sie schluchzend, daß Sie, liebste Mutter, krank und elend werden. Lieber wolle Er mir eine Krankheit zuschicken. Aber wenn es denn doch so seyn müßte, und Sie krank werden sollten — o gewiß, gewiß, ich würde nicht weniger für Sie thun, als Christine für ihre Mutter thut."

„Gott segne dich, liebes Kind, für diese deine kindliche Liebe, sprach die gerührte Mutter. O bleibe immer so gesinnt, und du wirst auf Erden noch viele frohe Tage erleben. Denn glaube mir, jedem Kinde, das seine Aeltern aufrichtig ehrt und liebt, läßt es Gott wohl gehen. Und so wird — denke du an mich! — auch die arme Christine noch bessere Tage sehen!"

Christine war indeß vergnügt und fröhlich nach Hause geeilt. Ihre Mutter ward über ihre Erzählung hoch erfreut, und die kräftige Fleischbrühe kam der armen Frau, die seit langer Zeit nichts als Wassersuppen gegessen hatte, sehr wohl. „O liebe Christine, sagte sie, indem sie mit aufgehobenen Händen andächtig zum Himmel blickte, so verläßt Gott die Seinen doch nie! Er hilft allemal noch zur rechten Zeit! — Laß uns fernerhin auf Ihn vertrauen; allein dabey auch immer das Unsrige treu und redlich thun. Denn sieh, liebe Christine, wenn du, aus kindlicher Liebe zu mir, nicht so fleißig Erdbeeren gesammelt und meinen Ermahnungen zur Reinlichkeit und Ordnung nicht gefolgt hättest — so hätten wir das Glück wohl nicht gehabt, daß die gnädige Frau und das liebe Fräulein sich unsrer Armuth so liebreich annehmen wollen. Sieh, nicht das geringste Gute bleibt ohne gute Folgen; Gott bedient sich desselben, edle Herzen zu rühren, und durch sie uns aus der Noth zu erretten."

DRITTES KAPITEL.DIE SCHICKSALE DER BEYDEN MÜTTER.

Der folgende Tag war ein Sonntag. Christine saß des Abends, nachdem sie ihre kleinen Hausgeschäfte besorgt und ihr Lämmchen gefüttert hatte, neben dem Bette ihrer Mutter, und las ihr aus einem Buche mit sanfter, lieblicher Stimme deutlich und langsam vor. Der Abend war sehr schön und die untergehende Sonne schien durch die Rebenblätter am Fenster glutroth in das kleine Stüblein. Da trat auf einmal die Frau von Waldheim mit Emilien herein. „Je, rief Christine und sprang auf, die gnädige Frau und das Fräulein!" Die Kranke war von der Gnade dieses Besuches sehr gerührt.

Die Frau von Waldheim blickte vergnügt in dem engen Stübchen umher. Die Wände waren schneeweiß, die wenigen Schüsseln und Teller auf dem Rahmen an der Wand hell und glänzend! der Tisch, die Bank, das Paar Stühle und der Stubenboden rein gefegt. Auch die Bettüberzüge und die

Kleidung der kranken Frau waren, so ärmlich sie aussahen, äußerst reinlich. Die Frau von Waldheim setzte sich auf den Stuhl, von dem Christine aufgestanden war. Mit Wohlgefallen vernahm sie, daß Christine alles so in Ordnung halte. Sie blätterte in dem Buche, lobte das Buch und Christinens gutes vernehmliches Lesen, das sie noch gehört hatte. Sie bemerkte auf dem Kasten an der Wand ein Paar Strickkörbchen, durchsuchte sie, und war mit den Arbeiten, der Mutter sowohl als der Tochter, sehr zufrieden.

„Ihr seyd sicher nicht aus dem Dorfe dahier, sagte die gnädige Frau. Denn Ihr habt das Stricken und Eure Tochter hat das Lesen nicht dahier gelernt. Ihr müßt wohl durch besondere Schicksale hieher gekommen seyn?"

„Ja wohl hatte ich besondere und sehr harte Schicksale!" sagte die Kranke und fing an zu erzählen. „Mein Mann, sprach sie, war Leibjäger in den Diensten einer Herrschaft jenseits des Rheins. Wir waren kaum ein Paar Jahre verheirathet und hatten diese Zeit ungemein glücklich und vergnügt gelebt — da brach der Französische Krieg aus. Unsere Herrschaft flüchtete, und konnte uns nicht mitnehmen. Mein Mann trat auf ihr Anrathen bey einem Jägerchor in Dienste. Ich konnte ihm mit meiner Tochter, die damals noch so klein war, daß sie den Namen Vater noch nicht aussprechen konnte, natürlich nicht folgen. Unter tausend Thränen nahmen wir Abschied. Ach es war das letzte Mal, daß ich ihn sah! Er schrieb mir zwar von Zeit zu Zeit, daß er gesund sey. Allein plötzlich vernahm ich, er sey schwer verwundet, und bald darauf erhielt ich die Nachricht, er sey an seinen Wunden gestorben. Mein Jammer war unbeschreiblich! Ach, er war ein guter Mann, ehrlich und redlich! Ich weiß zwar sein Grab nicht; allein seine Gebeine ruhen gewiß in Frieden! — Ich gerieth nun mit meiner Tochter bald in sehr großes Elend. Ich hatte mich nach Hause zu meinen Aeltern begeben. Allein auch diese Gegenden wurden nunmehr von dem Kriege schrecklich heimgesucht. Meine Aeltern verloren all das Ihrige, und starben bald darauf an einer ansteckenden Krankheit, die der Krieg verbreitet hatte. Ich war genöthiget, auszuwandern. Meine Habseligkeiten waren klein beysammen. Ich hatte fast nichts, als diese zwey Hände. Ich irrte weit umher. Endlich kam ich in dieses Dorf. Diese Hütte stand eben leer. Die wackern Bauersleute, deren Nebenhaus sie ist, gestatteten mir, hinein zu ziehen, unter der Bedingung, daß ich ihre zwey kleinen Mädchen im Nähen und Stricken unterrichte, was ich denn auch sehr gerne that! Ich habe allerdings viel gelitten — allein Gott hat doch immer treulich für mich gesorgt und mir immer und überall durchgeholfen, bis auf diesen Augenblick, da Er Sie, edle Wohlthäterin, unter dieses Strohdach führte. Ihm sey Dank für alles — für Leiden und Freuden!"

Die Frau von Waldheim hörte sehr aufmerksam zu, und die hellen Thränen glänzten ihr in den Augen. „Ach, sagte sie, mein Schicksal gleicht sehr dem Eurigen, nur ist es noch trauriger! Ich habe nicht nur, wie Ihr, Aeltern und Ehegemahl verloren, sondern überdieß noch meinen einzigen Sohn. Mein Gemahl war Major eines Husarenregiments. Sogleich in einer der ersten Schlachten, in der er sich sehr auszeichnete, die aber unglücklich ausfiel, ward er gefährlich verwundet. Ich eilte auf die Schreckensnachricht mit meinen zwey Kindern unverzüglich zu ihm. Allein mir ward nur mehr der traurige Trost, ihn noch einmal zu sehen. Er starb in meinen Armen. Wie mir zu Muthe war, könnet Ihr Euch denken, beschreiben kann ich es unmöglich. — Auf die unglückliche Schlacht folgte eine übereilte Flucht. Alle Strassen waren mit Flüchtlingen bedeckt. Ich ward unter dem Gewühle von Menschen mit fortgerissen, fast ohne zu wissen wohin. Meine zwey Kinder — ein lieblicher Knabe von kaum vier Jahren, und diese Tochter hier, die damals noch kein Jahr alt war, vermehrten noch meinen Jammer. Als ich mit ihnen an den Rhein kam und über die Brücke wollte, war das Gedränge von Kriegswagen, Kanonen, Pulverkarren, Wagen voll verwundeter Krieger, die alle hinüber wollten, so groß, daß ich mich der Brücke gar nicht nähern konnte. Indeß war die Sonne untergegangen. In einiger Entfernung wurde noch gefochten, um den Uebergang über den Fluß zu decken. Allein der Donner der Kanonen rückte immer näher. Ach es war der schrecklichste Abend meines Lebens! Einige der Flüchtlinge bemächtigten sich weiter hinab an dem Flusse eines Schiffes, um das andere Ufer zu erreichen. Aus Mitleid nahmen sie mich und meine Kinder in das Schiff auf. Allein das Schiff war so mit Menschen überladen, und sie waren des Fahrens so unkundig, daß er umschlug.

Ein Offizier am andern Ufer hatte unsre Gefahr bemerkt und uns zwey Soldaten mit einem kleinen Schifflein, dem einzigen, das eben vorhanden war, zu Hülfe geschickt. Es kam eben an, als das unsrige gesunken war. Ich und meine Tochter, die ich fest in den Armen hielt, wurden mit genauer Noth aus den Fluthen gerettet und halb todt an das Land gebracht. Allein mein Sohn war untergegangen und von ihm ward nichts mehr gesehen.“

Frau von Waldheim konnte hier vor Weinen nicht mehr reden, und verbarg ihr Gesicht in ihr weißes Tuch. Ueber eine Weile sprach sie weiter: „Ich und meine Tochter wären vor Frost und Nässe wohl auch noch umgekommen, wenn nicht eine mitleidige Herrschaft, die eben vorbey kam und auch auf der Flucht war, uns in ihren Reisewagen aufgenommen hätte. Allein die Angst und der Schrecken beym Schiffbruche, die beständige Traurigkeit über den Tod meines Gemahls und Sohnes, und die Beschwerlichkeiten auf der Flucht, zogen mir eine Krankheit zu. Als ich wieder hergestellt war, dachte ich erst an eine andere nachtheilige Folge dieses zweyfachen Todfalles. Weil mein

Gemahl ohne einen männlichen Erben gestorben war, so fielen unsre Güter dem Landesherrn anheim. Unser Schloß dahier wurde sogleich in Besitz genommen und zu einem Spitale für kranke und verwundete Krieger eingerichtet. Ich mußte, was ich jedoch nur den unruhigen Zeiten zuschreiben kann, lange ohne Pension leben; da ich keine eigene Wohnung mehr hatte, mußte ich in der Stadt einen sehr hohen Hauszins bezahlen, und zuletzt wirklich Mangel leiden. Endlich ward mir ein anständiger Wittwengehalt ausgeworfen, der Betrag für die verflossenen Jahre baar ausbezahlt, und mir ein Theil des Schlosses dahier, das ehemals unser Eigenthum war, zum Aufenthalt angewiesen. Allein der Verlust meines Gemahls und meines Sohnes bleiben doch unersetzlich! So groß indeß auch dieser Verlust ist, so ist doch dieß ein schöner Gewinn dabey, daß meine Leiden mich Gott mehr kennen lehrten und mich gefühlvoller für die Leiden meiner Mitmenschen machten. Und dann — was können wir uns auf Erden mehr wünschen, als unser ordentliches Auskommen und ein ruhiges Plätzchen, wo wir im Frieden leben, Gott dienen und unsern Mitmenschen Gutes thun können — in der seligen Hoffnung, unsre verklärten Geliebten in einer bessern Welt wieder zu sehen."

Indeß war es spät geworden. Die Frau von Waldheim sah an ihre Uhr, und stand auf. „Bedient Ihr Euch auch der Hülfe eines Arztes?" fragte sie noch. „Ach nein, sagte die Kranke. Einen ordentlichen Arzt vermag ich nicht, und mich eines Pfuschers zu bedienen, trage ich Bedenken."„Ihr habt Recht! sagte die gnädige Frau. Besser gar keine Hülfe, als eine solche." Sie versprach der Kranken ihren eigenen Arzt zu schicken, und tröstete sie mit der Hoffnung, unter Gottes Beystande werde es dann bald besser werden. Hierauf befahl sie, Christine solle alle Tage in dem Schlosse für ihre Mutter das Essen holen, wünschte Beyden freundlich gute Nacht, und kehrte mit Emilien wieder zurück in das Schloß.

VIERTES KAPITEL.UNTERHALTUNGEN DER BEYDEN TÖCHTER.

Nach vierzehn Tagen besuchten Frau von Waldheim und Emilie die kranke Rosalie wieder. Es hatte sich mit ihr indessen sehr gebessert. Die trefflichen Arzneyen und die angemessenen Speisen hatten ihr überaus gut angeschlagen. Sie war bereits auf, saß an der Tischecke auf der Bank und strickte. Sobald sie die gnädige Frau erblickte, stand sie auf, eilte ihr entgegen, und die Zähren liefen ihr über die blassen Wangen. Sie konnte keine Worte finden, ihren Dank auszudrücken. Die Frau von Waldheim setzte sich an die andere Ecke des Tisches. Sie hatte ihr Arbeitskörbchen mitgebracht und nahm ihr Gestrick hervor. Emilien erlaubte sie, mit Christinen indessen in den Baumgarten zu gehen, der sich von der Hütte bis an den Bach erstreckte, und den guten Bauersleuten gehörte, von denen Rosalie so liebreich aufgenommen worden.

Während nun die zwey Mütter sich über ihre Schicksale miteinander unterredeten, unterhielten sich die zwey Töchter in dem Garten. Christine führte Emilien ihr zahmes Lämmchen vor. Emilie hatte über das artige Thierchen eine ungemeine Freude. Da sie in einer großen Stadt erzogen worden, kannte sie die Schafe beynahe nur aus ihrem Bilderbuche. Noch nie hatte sie ein Lamm in der Nähe gesehen. Das Lamm ließ sich von Emilien streicheln, fraß die zarten, grünen Blättchen, die Emilie ihm vorhielt, ihr aus der Hand, und lief ihr sogleich nach, als wollte es noch mehr. Emilie war ganz entzückt. Auch ein solches Lämmchen zu haben, war ihr herzlichster Wunsch. Allein sie war zu bescheiden, es sich merken zu lassen. „Nein, dachte sie, um alles in der Welt möchte ich die arme Christine nicht um ihre einzige Freude bringen!"

Nachdem Frau von Waldheim und Emilie fort waren, erzählte Christine ihrer Mutter, welche große Freude das Fräulein an dem Lämmchen gehabt habe. Da sprach die Mutter: „Höre einmal, Christine! Emilie und ihre Mutter haben viele Güte für uns gehabt. Ohne sie läge ich vielleicht in dem Grabe, und du hättest keine Mutter mehr. Es ist billig, daß wir uns so dankbar bezeigen, als möglich. Du könntest Emilien nun wohl auch eine große Freude machen — aber ich fürchte, es kommt dich zu schwer an. Allein an deiner Stelle wüßte ich wohl, was ich thun würde!"

„Ihr mein Lämmchen schenken!“ fiel Christine ihrer Mutter schnell ins Wort. „Ja, das will ich! rief sie. Morgen in aller Frühe soll sie es haben. Emiliens Mutter hat mir das Liebste erhalten, was ich in der Welt habe — dich liebste Mutter! Warum sollte ich Emilien nicht mit Freuden das schenken, was mir nach dir das Liebste ist — mein Lämmchen!“

„Nun, das freut mich, sprach die Mutter, daß du ein dankbares Herz hast. Das ist mehr werth, als wenn man dir das Lamm mit Gold aufwägen würde.“

Die Mutter erinnerte sich, daß sie unter ihren Sachen noch ein kleines Streifchen rothen Atlaß und einige vergoldete Flittern habe. Sie suchte sie unverzüglich hervor, und saß sogleich hin, aus dem Atlasse für das Lämmchen ein Halsband zu machen, und mit den Flittern Emiliens Namen hineinzusticken. Emilie hatte Christinen ein feines, weißes Halstuch geschenkt. In der Ecke desselben waren die Anfangsbuchstaben von Emiliens Namen zierlich mit blauer Seide eingenäht. Diese Buchstaben dienten der Mutter zum Muster. Sie war gesonnen, so lange aufzubleiben, bis sie mit dieser Arbeit fertig wäre. Christine leistete ihr treulich Gesellschaft, fädelte ihr jedesmal die Nadel ein, und suchte die schönsten und tauglichsten Flittern heraus und both sie ihr hin. Endlich gegen Mitternacht war die Stickerey vollendet, und Christine war über das schön gelungene Werk so erfreut, daß sie vor Freude fast nicht schlafen konnte.

Sobald am andern Tage die Morgenröthe anbrach, eilte das gute Mädchen mit dem Lamme dem Bache zu, und wendete ihr letztes Stückchen Seife daran, das nette Thierchen so rein zu waschen, als möglich. Und sieh da — es ward fast so weiß, wie neugefallener Schnee. Die Mutter legte nun dem Lämmchen das Halsbändchen an. Der hochrothe Atlas mit den goldenen Buchstaben und der goldenen Einfassung nahm sich zwischen dem reinen, weißen Gekräusel der Wolle ganz unvergleichlich schön aus. Christine und ihre Mutter betrachteten das Lämmchen mit Entzücken, und konnten kaum aufhören es zu loben.

Christine trug nun das Lämmchen in das Schloß. Sie ging zuerst in die Küche zur alten Köchin, die sich immer besonders liebreich gegen Christine bezeugt hatte, und redete mit ihr, wie sie ihr Geschenk am schicklichsten anbringen könne. Die Köchin hatte an dem schön geschmückten Lamme ein großes Wohlgefallen und lobte Christinens Einfall sehr. Sie nahm das Lämmchen, ging, und öffnete leise die Zimmerthüre der Herrschaft. Die gnädige Frau saß am offenen Fenster und strickte. Emilie las ihr aus einem Buche vor. Beyde waren so emsig, daß sie nicht aufblickten. Da schob die Köchin das

Lämmchen geschwind zur Thüre hinein, machte die Thüre eben so leise wieder zu, und eilte zurück in die Küche.

Frau von Waldheim und Emilie hatten von allem nichts gemerkt. Das Lämmchen blieb an der Thüre stehen, schaute eine Weile umher, und fing dann laut an zu blöcken. Emilie blickte auf, und rief: „Je das Lämmchen!" Sie nahm von dem Seitentischchen ein wenig Brod, das von dem Frühstücke über geblieben war, und hielt es dem Lämmchen hin, und das arme Thierchen, das den Morgen noch kein Futter bekommen hatte, lief sogleich auf sie zu, und fraß es ihr aus der Hand. Emilie hatte eine unbeschreibliche Freude. Das Lämmchen kam ihr ohne Vergleich schöner vor als gestern, und als sie erst die goldenen Anfangsbuchstaben ihres Namens bemerkte, und daraus ersah, das Lämmchen sey zum Geschenk für sie bestimmt, da war ihre Freude noch größer.

„O wie gut ist doch Christine, sagte sie, daß sie mir ihr Liebstes giebt! Ich getraue mir kaum es anzunehmen. Was meynen Sie, liebste Mutter, daß ich thun soll?"

„Du mußt es annehmen, sagte die Mutter, sonst würdest du das gute Kind betrüben. Ich werde Christinen auf eine andere Art entschädigen."

Emilie eilte nun in die Küche, ihr gutes Erdbeermädchen zu rufen. Christine hatte sogleich fort gewollt; allein die Köchin hatte sie aufgehalten. Es kostete Emilien viele Mühe, das bescheidene Mädchen herein zu nöthigen in das Zimmer.

Die Frau von Waldheim hatte indessen aus ihrem Schreibkasten ein Goldstück hervor gesucht, auf dem ein Lamm abgebildet war. „Du hast ein sehr dankbares Herz, mein liebes Kind! sagte sie, als das erröthende Mädchen an Emiliens Hand in das Zimmer trat. Du hast meiner Tochter ein Geschenk gemacht, das ihr wohl nicht für Gold feil wäre. Nimm hier als eine kleine Gegenerkenntlichkeit dieses goldene Lämmchen."

Die gute Christine war von dieser feinen Art zu geben so gerührt, daß es ihr sehr schwer ankam, das Geschenk zurück zu weisen. Allein noch mehr würde es sie geschmerzt und gekränkt haben, sich ihr dankbares Gemüth bezahlen zu lassen. Sie kam in große Verlegenheit und die Thränen traten ihr in die Augen. „O nein, nein, gnädige Frau, sagte sie; ich kann das Gold wahrhaftig nicht nehmen. Es würde mir meine ganze Freude verderben.

Nichts, als die reinste, herzlichste Dankbarkeit bewog mich, Fräulein Emilien mein Lämmchen als ein armes, geringes Geschenk darzubringen, und es ist mir unmöglich, mich dafür so überreichlich belohnen zu lassen." Sie blieb ungeachtet alles Zuredens darauf, nichts zu nehmen.

Diese Uneigennützigkeit an einem so armen Mädchen gefiel der Frau von Waldheim noch mehr, als das überbrachte ländliche Geschenk. „Nun, sagte sie, so will ich dich auf eine andere Art zu belohnen suchen, die deiner Denkart angemessener ist. Wegen deines edlen Herzens sollst du von nun an die Gespielin meiner Emilie seyn. In deiner Gesellschaft läuft sie keine Gefahr, niedrige Gesinnungen anzunehmen. Komm fürs erste nur allzeit nach Tische hieher — da will ich euch mit einander Arbeit geben, und dann wollen wir schon sehen, was noch weiter zu thun ist."

Als Christine nach Hause kam und erzählte, wie es gegangen, war ihre Mutter mit ihrem Betragen sehr zufrieden. „Siehst du nun, sprach sie, es ist so, wie ich dir schon öfter gesagt habe. Das ärmste Kind — wenn es sich nur bestrebt, von Herzen gut zu seyn, findet am Ende doch Menschen, die es um seiner Güte willen mehr schätzen, als wäre es mit Gold und Perlen behängt. Das reichste und schönste Mädchen hingegen — wenn es sonst nichts weiter ist — wird der gerechten Verachtung am Ende doch nie entgehen, und das Glück, von guten Menschen aufrichtig geliebt und geehrt zu seyn, wird ihm nie zu Theil werden. Gutseyn, Gutseyn ist das Einzige, was uns wahrhaft froh, reich und geehrt macht."

FÜNFTES KAPITEL.EIN FREMDER TRITT AUF.

An dem goldgestickten Halsbändchen, mit dem das Lämmchen geschmückt war, hatte die Frau von Waldheim entdeckt, daß Rosalie eine sehr geschickte Stickerin sey. Rosalie hatte aber diese Kunst, weil dergleichen Arbeiten in dem Dorfe nicht geschätzt wurden, lange nicht mehr geübt, und sich blos auf das Stricken und Nähen verlegt. Frau von Waldheim gab ihr nun manches zu verdienen, und verschaffte ihr auch anderwärts her Bestellungen. Die arme Rosalie fand auf diese Art nicht nur ihr hinreichendes Auskommen, sondern überdieß noch öfteren Zutritt in das Schloß.

Frau von Waldheim hatte Anfangs sich Rosaliens nur aus Mitleid angenommen; allein so wie sie dieselbe näher kennen lernte, verwandelte sich dieses Mitleid nach und nach in Hochachtung. Sie fand an dem Umgange mit ihr immer mehr Vergnügen. Man wunderte sich, daß eine adeliche Dame, die Gemahlin eines Stabsoffiziers, mit einer armen Soldatenwittwe Freundschaft machen möge. Allein Frau von Waldheim sagte lächelnd: „Nun, Ihr werdet doch nicht behaupten, mein seeliger Mann, der tapfre Major, sey kein Soldat gewesen? Doch im Ernste! Eben dieses, daß auch ihr Mann zum Militär gehörte, und wie der Meinige den Tod für das Vaterland starb, diente ihr bey mir zur Empfehlung. Die Aehnlichkeit unsrer Schicksale vermehrte meine Zuneigung zu ihr. Sie ist Wittwe, wie ich, mußte vieles leiden, wie ich, hat wie ich nur eine einzige Tochter. Unsre Töchter sind von gleichem Alter, und lieben einander herzlich — und wenn meine Emilie so gut und edel ist als ihre Christine, und Emiliens Mutter so gut und edel als Christinens Mutter, so will ich es gerne zufrieden seyn. Die äusserlichen Verhältnisse weisen dem Menschen allerdings seinen Rang in der menschlichen Gesellschaft an; allein nur ein wahrhaft gutes edles Herz macht den wahren Werth des Menschen aus. Diese arme Soldatenwittwe ist so bescheiden, so sanft, so rechtschaffen, so durch Leiden bewährt, so von Herzen fromm, und dabey so verständig und gebildet, daß ich dadurch mich geehrt fühle, sie meine Freundin zu nennen.“

Frau von Waldheim zeichnete auch ihre arme Freundin immer mehr aus. Sie kam jeden Sonntag von dem Schlosse in das Dorf herab zur Kirche, und da ging sie nach dem Gottesdienste nie an Rosaliens armer Wohnung vorüber, ohne wenigstens auf einige Augenblicke einzukehren. Sie gab Christinen, die täglich in das Schloß kam, öfter auf, ihre Mutter mitzubringen, und bald mußten beyde alle Tage nach Tische in das Schloß kommen. Die gnädige Frau und das Fräulein, Rosalie und Christine saßen dann zusammen an Einem Arbeitstische, und beschäftigten sich einige Stunden sehr emsig mit allerley schönen Arbeiten. Rosalie mußte hierauf mit der gnädigen Frau Thee trinken, und Christine mit Emilien ein Butterbrod essen. Auf den Abend machten sie gewöhnlich alle zusammen noch einen kleinen Spaziergang.

Einmal an einem schönen Sommerabend gingen sie nun mit einander in den Eichwald, der sich am Abhange des Schloßberges herumzog. Mehrere schattichte Gänge, die mit reinlichem Kiese bestreut waren, führten durch den Wald, und hie und da war eine bequeme Bank zum Ausruhen angebracht. Der Tag war sehr heiß gewesen und noch war es ziemlich schwühl. Die Frau von Waldheim setzte sich daher mit ihrer Begleiterin Rosalie auf eine steinerne Bank, die in einen Felsen des Berges eingehauen und von einem Paar Eichen beschattet war. Das Plätzchen war, wegen der herrlichen Aussicht, die man hier genoß, ihr Lieblingsplätzchen.

Emilie und Christine gingen noch eine Strecke weiter, und jede trug ein niedliches Körbchen am Arme. Es war gerade die Zeit der Himbeeren, und Emilie hätte deren schon lange selbst gerne im Walde gepflückt. Christine führte sie zu einer ausgehauenen Stelle des Waldes, die beynahe ganz mit Himbeersträuchen bedeckt war. Beyde Mädchen pflückten nun sehr geschäftig und ließen sich die duftenden Beeren sehr wohl schmecken. Bald rief diese, bald jene, hier gebe es noch schönere. Die allerschönsten thaten sie aber in ihre Körbchen, um sie Emiliens Mutter zu bringen. Das Lämmchen, das sie mitgenommen hatten, lief indeß auf dem offenen Platze herum, graste hier ein wenig, nagte dort an den Blättern der Gesträuche, und hatte sich nach und nach ziemlich weit von ihnen entfernt.

Da bemerkte Emilie auf einmal einen fremden Jüngling, der das Lämmchen streichelte und das Halsband desselben sehr aufmerksam betrachtete. Emilie und Christine eilten sogleich hin, denn sie fürchteten, er wolle das Halsband oder gar das Lämmchen mit sich fort nehmen. Der Jüngling blickte, als er sie kommen hörte, auf. Er war sehr schön und blühend von Angesicht und hatte ein dunkelgrünes Sommerkleid an und einen runden Kastorhut auf. Er schien bis zu Thränen gerührt, und blickte Emilien mit einer Art von Erstaunen und Verwunderung an. Endlich nahm er mit seiner Rechten ehrerbietig den Hut ab; in seiner Linken aber hielt er — was Emilien äußerst seltsam vorkam — einen goldenen Ring.

„Verzeihen Sie, mein Fräulein, sagte er, da er Emiliens Aengstlichkeit bemerkte, ich wollte dem Lämmchen, das, wie ich sehe, Ihnen gehört, nichts zu leid thun. Es fielen mir nur die Buchstaben auf, die hier auf das Halsband gestickt sind. Sind das vielleicht die Anfangsbuchstaben ihres Namens?"

„Ja, sagte Emilie befremdet, das sind sie. Die drey goldenen Buchstaben auf dem rothen Atlasse hier heißen E. v. W. Ich aber heiße Emilie von Waldheim."

„Emilie! Emilie!" rief der Jüngling erstaunt.

Emilie erschrak über seine Heftigkeit. Sie glaubte, er sey nicht recht bey Sinnen und es, ward ihr unheimlich. „Komm, da ist nicht gut seyn!" sagte sie zu Christine, nahm sie bey der Hand, und wollte mit ihr davon laufen. Der fremde Jüngling aber faßte sich wieder, und sagte ganz ruhig: „Ich bitte Sie, bleiben Sie nur noch einen Augenblick! Ich habe da einen goldenen Ring, auf dem die drey nämlichen Buchstaben eingegraben sind. Sehen Sie da E. v. W.! Deßhalb betrachtete ich die Buchgaben da auf dem Halsbändchen so aufmerksam und verwundert. Es liegt mir äusserst viel daran, inne zu werden, woher dieser Ring sey. Allein, fügte er traurig bey, Ihnen gehört der Ring zuverläßig nicht. Es stehet da, den Buchstaben, gegenüber, noch die Jahrzahl 1786. Dieses vereitelt meine Hoffnung. Ach, damals waren sie noch nicht geboren!"

Emilie sagte: „Meine Mutter hat eben den Namen wie ich; auch sie heißt Emilie von Waldheim."

„Wie! rief der Jüngling aufs neue erschüttert. Wäre es möglich! Ach vielleicht gehört der Ring ihrer Mutter. Könnten Sie mich nicht zu ihr führen?"

„Mit Vergnügen, sagte Emilie. Sie ist kaum ein Paar hundert Schritte von hier. Haben Sie nur die Güte, mir zu folgen." Sie gingen. Der Jüngling ließ Emilien die rechte Seite, und Christine mit dem Lämmchen begleitete sie.

Als sie zur Felsenbank kamen, blieb der Jüngling in einiger Entfernung schüchtern stehen, und betrachtete die Frau von Waldheim einige Augenblicke stillschweigend. Sein Angesicht war wie von Schrecken bleich und die Hand, in der er den Ring hielt, zitterte. Indeß ermannte er sich, trat näher, verbeugte sich mit Anstand, erzählte kurz den sonderbaren Zufall mit dem Zusammentreffen der Buchstaben — und überreichte ihr den Ring.

Die Frau von Waldheim nahm den Ring — erblickte die drey Buchstaben — that einen lauten Schrey — und wäre umgesunken, wenn Rosalie sie nicht gehalten hätte.

„Gott im Himmel, was ist das? rief sie, als sie sich von dem Schrecken ein wenig erholt hatte. Das ist der Ehering meines seligen Gemahls. Sehen Sie, der Ring hier an meinem Finger, den mein Gemahl mir als Bräutigam gab und den ich noch immer zu seinem Andenken trage, ist genau auf die nämliche Art gearbeitet, nur etwas kleiner. O reden Sie, reden Sie doch, wie kamen Sie zu dem Ringe? Wer sind Sie? Wer sind Ihre Aeltern?"

Der Jüngling ward noch bleicher und zitterte an allen Gliedern. „Mein Vater, sprach er, ward im Kriege erschossen. Meine Mutter war eine schöne Frau, trug ein schwarzes Kleid, und weinte immer sehr viel. Ich hatte noch ein kleines Schwesterchen, die Emilie hieß. Die Mutter fuhr mit uns zwey Kindern über den Rhein. Das Schiff ging unter. Ich ward, als ein Kind von etwa vier Jahren, aus dem Wasser gezogen. Von Mutter und Schwester hörte ich seit dieser Zeit nichts mehr. Den Ring fand man, nebst einigen andern Kleinigkeiten, in einem Päckchen, das Kleidungsstücke von mir enthielt und also für mein Eigenthum erklärt wurde. Sonst weiß ich von meinen Aeltern und meinem Vaterlande nichts zu sagen. Mein Name ist Karl." — —

„O Karl, rief jetzt Frau von Waldheim aus und fiel dem Jünglinge um den Hals, du bist mein Sohn! Wahrhaftig; du bist es! Du bist das Ebenbild deines Vaters!" — — „O Gott, o Gott! wie wunderbar bist Du in deinen Fügungen!" rief sie dann wieder, indem sie mit aufgehobenen Armen weinend zum Himmel blickte. Und dann umfaßte sie wieder ihren Sohn und benetzte sein Angesicht mit Thränen. Der Jüngling war so außer sich, daß er keine anderen Worte hervorbringen konnte, als: „Mutter! Mutter! Gott! Gott! O du guter Gott!"

Emilie stand an Christinen gelehnt — und zitterte und weinte. „Emilie! rief endlich die Mutter, Emilie, o sieh da deinen Bruder! Karl, Karl, sieh da deine Schwester! O grüßt euch doch auch!"

Karl schloß seine Schwester weinend in seine Arme, und rief: „O meine liebe, liebe Schwester! O Gott, welche Freude machst du mir — so unerwartet Mutter und Schwester zu finden!" Und auch Emilie konnte vor Weinen kein Wort vorbringen, als: „Lieber, lieber Bruder!"

Alle Drey aber waren so selig und hatten sich so viel zu fragen und zu sagen, daß sie die ganze Welt um sich her vergaßen. Die Sonne war untergegangen und es wurde bereits dunkel, ohne, daß sie es merkten. Rosalie erinnerte sie endlich, es sey Zeit, sich nach Hause zu begeben. Frau von Waldheim ging nun, an jedem Arm eines ihren Kinder, auf das Schloß zu, und Rosalie und Christine folgten ihnen.

SECHSTES KAPITEL. KARLS JUGENDGESCHICHTE.

Die Frau von Waldheim veranstaltete nun in dem Schlosse eine kleine Freudenmahlzeit. Emilie deckte den Tisch mit dem feinsten blendend weißen Tafeltuche und zwei helle Wachskerzen auf silbernen Leuchtern spiegelten sich in dem glänzend reinen Tischgeräthe. Karl mußte zwischen seiner Mutter und Schwester Platz nehmen, und Rosalie und Christine mußten auch mitspeisen. „Denn, sprach die Frau von Waldheim, ohne Euch und Euer Lämmchen hätte ich ja meinen lieben Sohn Karl nicht gefunden!" Karl, der von der Reise hungrig geworden, ließ sich das Abendessen sehr wohl schmecken. Seine Mutter und Schwester aber konnten vor Freude fast nicht essen, und sahen ihn nur immer an. Sie fragten ihn bald dieses, bald jenes. Allein erst nach Tische bathen sie ihn, seine Geschichte im Zusammenhange zu erzählen, was er denn auch sehr gerne that.

„Mein Kindheit und meine Jugendjahre, sprach er, brachte ich, von dem Abende an, da ich aus dem Flusse gezogen wurde, beständig bey einem sehr ehrwürdigen Pfarrer, Namens Engelhard, jenseits des Rheins zu. Ich würde von den Schicksalen meiner ersten Kindheit und von meinen lieben Aeltern wohl kaum mehr etwas wissen, wenn er das Wenige, was ich damals — in einem Alter von vier Jahren ihm sagen konnte — mir nicht öfters wiederholt hätte. Selbst unsers Schiffbruches erinnere ich mich jetzt nur mehr dunkel. Allein der gute Pfarrer, der nicht weit von jener Unglücksstätte wohnt und sich nach allem, was mich betraf, genau erkundigt hatte, beschrieb mir jenen fürchterlichen Abend und die darauf folgende Schreckensnacht sehr oft. Der Krieg hatte mit allem, was er Schreckliches haben kann, sich gleich einem verheerenden Gewitter, ganz in jene Gegend gezogen. Zwey Dörfer standen im Brande, und die hoch auflodernden Feuerflammen erhellten mit ihrem rothen Glanze weit umher die Gegend, rötheten die Wolken des Himmels, und strahlten schauerlich aus dem Flusse wieder. Die geschlagene Armee rettete sich über den Fluß. Die Sieger drangen ihr auf dem Fuße nach. Man glaubte ein furchtbares Hochgewitter zu hören, so laut donnerten die Kanonen, und man vernahm bereits das kleine Gewehrfeuer sehr deutlich. Ganze Familien, Väter, Mütter und Kinder, hatten theils zu Fuß, theils zu Wagen sich hieher geflüchtet, und wußten nun nicht mehr weiter. Das Gedränge und die Verwirrung war unbeschreiblich. Auch der gute Pfarrer hatte das Haus voll Geflüchteter, und war unermüdet beschäftiget, sie zu trösten und zu bewirthen — da wurde auf einmal sehr stark an die Hausthüre geklopft. Er öffnete sie — und ein Soldat mit einem kleinen weinenden Knäblein auf dem Arme stand vor der Thür. Dieses Knäblein war ich!"

„Um Gottes willen, Herr Pfarrer, rief der edle Krieger, erbarmen Sie sich dieses armen Kindes, und nehmen Sie es zu sich. Ich riß es dort aus dem Fluß. Ich weiß es nirgends unterzubringen. Dieses nasse Päcklein hier enthält die Kleider des Kindes und einiges andere. Nehmen Sie — ich muß augenblicklich weiter." Der gutherzige Pfarrer nahm mich liebreich in seine Arme — und der Soldat stürzte fort, indem er noch rief: „Gott wird es Ihnen vergelten! Leben Sie wohl!"

Der würdige Geistliche brachte nun wohl so viel aus mir heraus, mein Vater, ein Offizier, sey im Kriege umgekommen, und meine Mutter sey mit mir und meinem kleinen Schwesterchen auf ihrer Fahrt über den Rhein verunglückt. Er unterließ nicht, nachzuforschen, ob meine Mutter und Schwester dem schauerlichen Tode des Ertrinkens nicht etwa noch entgangen seyen. Er begab sich, so bald es möglich war, in die benachbarten Orte, und fragte überall nach ihr. Er traf auch einige Menschen, die auf eben dem Schiffe gewesen, und gerettet worden. Sie sprachen mit Achtung und Mitleid von der tiefbetrübten Offizierswittwe; allein sie sagten einmüthig, sie sey mit ihrem kleinen Kinde sicher ertrunken. Die Gewalt des Stromes habe blos einige wenige Menschen, die sich auf dem untergegangenen Schiffe befunden hatten, an das Ufer, von dem sie hergekommen, zurück geworfen; Es sey gar nicht wahrscheinlich, daß irgend eine Seele das andere Ufer erreicht habe. Der edle Pfarrer hielt es indeß doch für möglich. Allein er konnte sobald keine Erkundigungen einziehen. Die Verbindung zwischen den beyden Rheinufern war des Krieges wegen lange Zeit aufgehoben. Und nachher, als man wieder Nachrichten von dem andern Ufer des Flusses erhalten konnte, stimmten alle darin überein, nirgends habe man eine solche Frau gesehen, wie die beschriebene Offizierswittwe, und sie sey also ganz gewiß todt.

Der menschenfreundliche Pfarrer behielt mich nun bey sich, um mich zu erziehen. Er war ein sehr liebvoller, schon etwas betagter Mann, und ein wahrer Kinderfreund. Die Tage meiner Kindheit hätten wohl nicht glücklicher seyn können. Er war immer heiter und freundlich, und wußte mich mit einem Wink zu leiten. Denn sein ganzes Betragen war, bey aller Freundlichkeit, immer so ernst und würdig, daß ich eine große Ehrfurcht gegen ihn fühlte, und um alles in der Welt es nicht gewagt hätte, mich gegen ihn im geringsten widerspenstig zu zeigen.

Seine erste Angelegenheit war es, mich in der Religion zu unterrichten; was er sagte, war alles so klar und herzlich, daß ich Gott und meinen Erlöser von Herzen lieb gewann. Er lehrte mich lesen und schreiben, und da er besondere Fähigkeiten an mir zu entdecken glaubte, so gab er mir Unterricht in der lateinischen Sprache. Er las mit mir lateinische Bücher, und wußte immer die schönsten Stellen auszuwählen, die meinem Alter angemessen waren. Was ich gelesen hatte, mußte ich dann schriftlich ins Deutsche übertragen. Ich bekam so mehrere Bücher, von meiner Hand rein und deutlich geschrieben, zusammen, die er alle sehr schön binden ließ. Ich hatte dabey ungemeine Freude, und erwarb mir eine Fertigkeit, jedes lateinische Buch zu verstehen, wenn nur sonst der Inhalt meine Fassungskraft nicht überstieg. In der Folge gab er mir auch Unterricht im Griechischen.

Sein kleines freundliches Pfarrhaus war von einem schönen Gemüsgarten und einem großen Baumgarten umgeben. Wenn wir nun eine Stunde gelesen hatten, arbeiteten wir allemal eine Zeit im Garten. Denn er baute ihn selbst und ich mußte ihm dabey helfen. Diese Arbeit war Erholung vom Studieren. Im Winter oder an Regentagen brachte er seine Nebenstunden mit Zeichnen zu, worin er es sehr weit gebracht hatte. Er verstand seine Zeichnungen mit Tuschfarben so schön und lieblich auszumahlen, daß Kenner sie den vollendetsten Kunstwerken der Art an die Seite setzten. Auch ich hatte große Lust am Zeichnen und Mahlen. Er gestattete es mir aber allemal nur als eine Belohnung meines besondern Fleißes im Studieren, und unter seiner vortrefflichen Anleitung machte ich auch in dieser Kunst gute Fortschritte. So verfloß mir jeder Tag unter nützlichen und angenehmen Beschäftigungen; ich war immer so fröhlich und vergnügt, als je ein Kind in dem väterlichen Hause es sein kann.

Der gute Pfarrer hatte indeß auch Manches zu leiden. Er mußte die Trübsalen des Krieges hart empfinden. Einquartierungen und Lieferungen kosteten ihm sehr viel, und zwey bis dreymal ward sein Pfarrhaus ganz ausgeplündert. Er würde dieses wenig geachtet haben, wenn es ihm nicht um mich gewesen wäre. Er hatte mich öfters versichert, er werde mich studieren lassen. Obwohl die Erträgnisse seiner Pfarrey nicht sehr bedeutend waren, so hatte er bey seiner mäßigen Lebensart doch so viel zurück gelegt, daß er die Kosten des Studierens hätte bestreiten können. Allein nun war es ihm unmöglich; er selbst war durch den Krieg in dürftige Umstände gerathen.

Er hatte indessen in Wien einen Jugendfreund, der in großem Ansehen stand, und unter dem Adel und den Gelehrten viele Freunde hatte. An diesen schrieb er, ob er einem armen Jünglinge, der eine entschiedene Anlage und

Neigung zum Studieren habe, nicht Gelegenheit dazu verschaffen könnte? Es kam sogleich die erfreuliche Antwort, er wolle mich mit offnen Armen in sein Haus aufnehmen, und dann weiter für mich sorgen. Ich möchte mich aber, schrieb er, sogleich auf die Reise machen, indem ich eine vorläufige Prüfung zu bestehen hätte, um unter die Zahl der Studierenden aufgenommen zu werden.

Ein Kaufmann, der meinen Pflegvater öfter besuchte, hatte eben eine Reise in die hießige Gegend vor, und erboth sich, mich unentgeldlich mit zu nehmen. Da ich auf diese Art beynahe die Hälfte des Weges in einem bequemen Reisewagen zurücklegen konnte, so wurde dieses Anerbiethen mit Freude angenommen.

Der Morgen, an dem ich von meinem guten Pflegevater Abschied nahm, wird mir ewig unvergeßlich seyn. Der gute Mann mit seinem frommen blassen Gesichte und seinen ehrwürdigen grauen Haaren, schloß mich in seine Arme und benetzte mein Angesicht mit Thränen. „Liebster Karl, sprach er, der Augenblick ist jetzt da, wo du hinaus mußt in die Welt. In unserm stillen abgelegenen Dorfe und in meinem Hause hier hast du, wills Gott, nichts als Gutes gesehen und gehört. In der großen Stadt, in die du jetzt kommst, wird es anders seyn. Du kommst zwar in das Haus eines guten Mannes und wirst auch in der Stadt viele gute Menschen kennen lernen; allein du wirst auch der bösen Beyspiele genug sehen und mancherley Böses hören. O Karl, vergiß meiner guten Ermahnungen nicht — laß dich nicht verführen — bleibe ein edler Jüngling.“

„Vor allem bleibe dir unsre heilige Religion stets theuer. Sie ist der kostbarste Schatz, den wir hier auf Erden haben, und ein wahres Himmelbrod für unsern unsterblichen Geist. Wohne nicht nur dem öffentlichen Gottesdienste andächtig und ehrerbietig bey, sondern weihe auch deine stille Kammer zum Tempel der Andacht. Vergiß es nie, daß Gottes Auge dich überall sieht, und thue alles wie vor seinem Angesichte. Ihm klage deine Noth und vertrau auf Ihn. Verlaß Ihn nicht, und Er wird dich ewig nicht verlassen.“

„Du wirst mancherley leichtsinnige Reden über Religion hören. Solche Reden verabscheue. Wer die Lehren der christlichen Religion befolgt, der erfährt es an seinem Herzen, daß sie von Gott sey. An diesem Prüfsteine, den ihr Stifter selbst angab, bewährt sie sich als lauteres Gold. Das hat sich mir durch eine Erfahrung von fast siebenzig Jahren bestätiget. Das ist ihr schönster Triumpf über alle Zweifel ihrer Freunde, die noch nicht ganz zur hellen Erkenntniß gekommen sind, und über alle Einwendungen ihrer verblendeten Feinde."

„Thu nie etwas Böses und handle nie gegen die Stimme deines Gewissens. Geselle dich nicht zu solchen Menschen, die über Unschuld und Schamhaftigkeit spotten und aus dem Laster einen Scherz machen; fliehe sie als wären sie vom gelben Fieber angesteckt. Eine solche leichtfertige Denkart verleitete schon manchen schönen blühenden Jüngling, die kurze Lust der Sünde zu genießen, machte ihn zum lebendigen Gerippe und stürzte ihn in ein frühes Grab. Bewahre dein Herz rein und unbefleckt, und du wirst die schöne Farbe deiner Wangen, das Feuer deiner Augen, die Ruhe deines Gewissens und die Heiterkeit des Geistes bewahren, und mein erster Blick, wenn ich dich, je wiedersehe, wird mir sagen, ob du noch gut und unverdorben seyest."

„Sey unermüdet in den Arbeiten deines Berufes. Der Beruf eines Studierenden ist ein schöner, edler Beruf. Es sey nun, daß du Rechtsgelehrter, Arzt oder Gottesgelehrter werden wollest — allemal wird das zeitliche oder ewige Wohl deiner Mitmenschen dir anvertraut werden. Es wäre ja wohl schrecklich, wenn du es dir nicht Ernst seyn ließest, deiner Wissenschaft Meister zu werden, und wenn du einst, anstatt zum Glücke der Menschen beyzutragen, aus Unfähigkeit und Unwissenheit nur Unheil stiften würdest. Die Studierjahre sind die Zeit der Saat; benütze diese köstliche Zeit, ehe sie entflieht — sonst ist an keine erfreuliche Aernte zu gedenken. Du hast es in unserm Dorfe gesehen, wie die Landleute sich plagen müssen, wie sie vor Tag aufstehen, Frost und Hitze dulden, und alle Kräfte aufbiethen — nicht nur um sich zu ernähren, sondern um auch die Abgaben zu bestreiten, die zur Unterhaltung der gelehrten Stände nöthig sind. Arbeite also auch unermüdet, um für sie, die so vieles für uns thun, dereinst auch etwas thun zu können, und ihnen nicht zur unnützen Last, sondern zum Segen zu werden."

„Erlaube dir aber auch zu rechter Zeit eine unschuldige Erholung. Nur laß den sinnlichen Vergnügungen keine Herrschaft über dein Herz. Wer sich von der Sinnlichkeit — von Spiel, Trunk, Tanz und dergleichen — hinreißen läßt, der ist, wenn er auch eben nichts offenbar Böses thut, dennoch ein Sklave seiner Lust — und also ein schlechter Mensch. Der ungeordnete Hang zu sinnlichen Vergnügungen zerstört in unserm Herzen das Gefühl für alles wahrhaft Große, Schöne und Gute, und macht uns unfähig, edlere Vergnügungen zu genießen."

„O mein liebster Sohn! Vielleicht ist es das letzte Mal, daß du mein Angesicht siehest. Ich bin bald siebenzig Jahre alt und nicht mehr fern vom Grabe. Erfahrung, Welt- und Menschen-Kenntniß wirst du mir nicht absprechen wollen. Und dann — was für einen Gewinn könnte ich davon haben, dir eine Unwahrheit zu sagen? Glaube mir also — und bleibe gut. Denn sieh — wenn du gut bist, so bist du *dir* gut, und du wirst den Segen davon haben. Könntest du aber je böse werden, so wärest du *dir* böse, und *dein* wäre der Schaden, und *dich* träfe das Verderben. Liebster Karl — bleibe, bleibe gut!"

Der gute, liebvolle Greis nahm nun die letzten zwey Goldstücke, die er noch hatte, aus seinem Pulte hervor. Ach er hatte schon all seine Baarschaft darauf verwendet, mich wohlanständig zu kleiden, und mich mit dem nöthigen Reisegeld zu versehen. Er gab mir diese Goldstücke, die Sie hier sehen und sagte: „Nimm dieses Wenige noch, liebster Sohn, als einen Nothpfenning — und dann hier noch etwas, das mehr werth ist, als alles Gold — das neue Testament! Mehr kann ich dir jetzt, nicht geben. Allein lebe nur so, wie dieses göttliche Buch es uns lehrt, bleibe gottesfürchtig, edel und gut — dann bist du reich genug."

Hierauf segnete er mich noch mit zitternden Händen und weinenden Augen, schloß mich noch einmal in seine Arme, sagte mir Lebewohl — und ich ging schluchzend und tief gerührt zur Thüre hinaus.

Karl weinte, indem er dieses sagte, aufs neue; auch seiner Mutter und Schwester und den Uebrigen flossen die hellen Zähren über die Wangen. „Dieser Pfarrer, sprach die Mutter, ist wahrhaftig ein sehr — sehr edler Mann. Es ist etwas Großes, sich eines fremden armen Kindes so herzlich und thätig anzunehmen, so viele Jahre hindurch so viele Zeit, Mühe und Kosten aufzuwenden, und so zu sagen noch den letzten Heller hinzugeben, um es zu einem guten und glücklichen Menschen zu erziehen. Doch — nur die christliche Religion kann das menschliche Herz so uneigennützig und wohlwollend machen, alle Menschen auf Erden wie seine nächsten Blutsverwandten mit Liebe zu umfassen."

SIEBENTES KAPITEL. WIE KARL HIEHERGEKOMMEN.

Karl schwieg eine Weile und trocknete seine Thränen; dann erzählte er weiter. „Der Kaufmann, der mir den leeren Platz in seinem Reisewagen eingeräumt hatte, ist ein sehr rechtschaffner Mann und ein recht fröhlicher Gesellschafter. Er wußte immer etwas zu sagen, und that alles, mich den traurigen Abschied vergessen zu machen. Bald erzählte er ein artiges Geschichtchen, bald gab er mir Räthsel auf, bald sang oder pfiff er ein munteres Liedchen. Jedes Dorf wußte er mit Namen zu nennen, und in den Städten zeigte er mir die Merkwürdigkeiten, wenn es darin deren einige gab. Etwa drey Meilen von hier mußte ich mich aber von ihm trennen; denn er mußte einen andern Weg einschlagen. Er wünschte mir nun Glück und Gottes Segen zu meinem Vorhaben, ermahnte mich zum Fleiße und zum Vertrauen auf Gott, sorgte noch dafür, daß mein kleines Koffer, das er aufgepackt hatte, durch einen Fuhrmann an Ort und Stelle gebracht werde, schenkte mir ein Goldstück, drückte mir zum Abschied kräftig die Hand und fuhr in seiner Kutsche weiter.

Auch dieser Abschied war mir sehr schwer gefallen. Ich war ja nun von allen bekannten Menschen getrennt! Ich setzte indeß meine Reise zu Fuße fort. Gegen Abend wanderte ich durch den Wald, der dieses Schloß umgiebt. Ich war von der Hitze des Tages und dem weiten Gehen, das ich nicht gewohnt bin, sehr ermüdet. Ich setzte mich daher, um ein wenig auszuruhen, auf einen Rasensitz, den ich unter einem Buchbaum erblickte. Das alte Schloß, das von der Abendsonne vergoldet aus dem waldichten Berge hervorragte, gewährte hier einen unvergleichlich schönen mahlerischen Anblick. Ich nahm ein Blatt Papier aus meiner Brieftasche hervor, und fing an das Schloß abzuzeichnen.

Allein ich mußte die angefangene Zeichnung bald wieder weglegen. Der Untergang der Sonne — die Stille des einsamen Waldes — und die herannahende Nacht erregten sehr wehmüthige Empfindungen in mir! Ein Gefühl von Verlassenheit wandelte mich an. „Ach, dachte ich, die Nacht bricht herein, und ich weiß noch nicht einmal, wo ich übernachten soll! Auf viele Meilen weit rings umher kenne ich keine Seele und komme nun zu lauter fremden Menschen. Mein liebevoller Pflegvater, von dem ich nun schon einige Tagreisen weit entfernt bin, ist bereits sehr alt und vielleicht sehe ich sein ehrwürdiges Angesicht in meinem Leben nicht mehr! Und meine guten Aeltern habe ich kaum gekannt! Ich kann mir meinen Vater nur mehr als Leiche und meine Mutter in schwarzen Trauerkleidern und mit roth geweinten Augen denken."

Bey diesem Gedanken drangen auch mir die Thränen in die Augen. Ich zog den goldenen Ring heraus, den mir der gute Pfarrer gegeben hatte. „Mein Gott, seufzte ich, dieser Ring rührt noch von meinen Aeltern her, und er ist das einzige Erbtheil, das ich armer Waise von ihnen habe! Die drey kleinen Buchstaben sind die Anfangsbuchstaben, von dem theuren Namen meines Vaters oder meiner Mutter, und ich weiß nicht einmal, wie diese Namen heißen! Diesen Ring trug entweder mein Vater, dessen Hand längst im Grabe modert, oder meine Mutter, die vielleicht doch noch am Leben ist! Ja vielleicht lebte sie einst — vielleicht lebt sie noch in eben diesen Gegenden, die ich jetzt durchwandere."

Mein Herz wurde von diesen Gedanken mächtig ergriffen! Ein Gefühl voll der schmerzlichsten Wehmuth und der seligsten Hoffnung bemächtigte sich meiner! Ich fiel auf die Knie nieder, ich rang die Hände, ich flehte mit Inbrunst zum Himmel: „O lieber Gott! Du allein weißt es, ob meine Mutter noch lebe! Du allein kannst, wenn sie noch lebt, mich sie wieder finden lassen! Ach vielleicht ließest Du diesen Ring nicht ohne weise Absicht in meine Hände kommen. Die Buchstaben darauf könnten mich unter deiner Leitung leicht zur Entdeckung meiner Mutter führen. O die liebe gute Mutter! Sie beweint — wenn sie noch am Leben ist — mich als todt; sie glaubt, ich sey als ein zartes Knäblein in den Fluthen des Rheines ertrunken; o welche Freude würde sie haben, mich jetzt als einen Jüngling in ihre Arme zu schließen! Welche Seligkeit wäre es für mich, ihr freundliches mütterliches Angesicht zu erblicken, ihr zu danken für das, was sie an mir gethan, als ich ihre Liebe noch nicht zu schätzen wußte und ihr noch nicht dafür danken konnte. Wie unbeschreiblich glücklich würde ich mich schätzen, ihr meinen Dank jetzt zu bezeigen, und die Stütze ihres herannahenden Alters zu werden! O du guter Gott, du Vater der Wittwen und Waisen — wenn — wenn sie je noch lebt — o so führe — führe Du mich in ihre Arme! Höre mein kindliches Flehen, und laß mich sie wieder finden!"

Als ich so gebethet hatte, und mit meinen Augen voll Thränen durch die Aeste der Buche noch immer zum blauen Himmel aufblickte, hörte ich in dem nahen Gesträuch ein leises Knistern. Ich sah hin, erblickte das Lamm — und die goldenen Buchstaben auf dem purpurrothen Halsbande strahlten mir im Glanze der untergehenden Sonne hellschimmernd ins Auge. Eine wunderbare, unbeschreibliche Empfindung — ein schauerliches Entzücken bemächtigte sich meiner. Es war mir, als umleuchtete mich ein Licht vom Himmel, als hätte ein Lichtstrahl von oben die Buchstaben erhellt; sie schienen mir wie verklärt. Ich glaubte die Nähe Gottes zu fühlen, und es dünkte mich, die Blätter aller Bäume rings umher zitterten aus Ehrfurcht vor Ihm. Mir war es, als spreche etwas in meinem Innersten: „Dein Gebeth ist erhört!" Und so war es auch. Mein Gefühl hatte mich nicht getäuscht. Gleich einem Engel des Himmels kam in ihrem weißen Kleide und im Schimmer der Abendsonne meine Schwester auf mich zu, und nannte mir das erstemal den theuren Namen meiner Mutter. So, beste Mutter, hat Gott mich in Ihre Arme, und in deine Arme, liebste Schwester, wunderbar zurück geführt!"

„Ja, so ist es, meine liebsten Kinder, sagte die Mutter, indem sie ihre beyden Kinder in die Arme schloß. Er hat uns alle drey wieder zusammen gebracht. Er hat dich, liebster Karl, als einen zarten Knaben mir genommen und dich einem edlen Manne anvertraut, der dir aus der reinsten Menschenliebe eine Erziehung gab, die ich als Frau und als eine verlassene Wittwe dir unmöglich so gut geben konnte, und die dir keine Fürstin für Gold hätte besser verschaffen können. Er hat dich als einen blühenden Jüngling mir wieder zurück gegeben — und mir die Thränen des Schmerzens, die ich über deinen Verlust weinte, in Freudenthränen verwandelt. Er hat alles wohl gemacht und alle seine Wege sind die lautere Weisheit und Liebe. O liebsten Kinder! laßt uns Ihm danken und seine heilige Vorsehung in Demuth und mit tiefer Ehrfurcht anbethen!" Alle drey schwiegen mit tief gerührtem Herzen lange still, und nur ihr Herz sprach mit Gott. Auch Rosalie und Christine saßen mit gefalteten Händen, mit thränenvollen Augen, und mit einem Herzen voll Rührung und Andacht stillschweigend da und athmeten kaum.

„Welche Freude, sagte Karl nach einiger Zeit, wird der edle Greis, mein zweyter Vater, empfinden, wenn er diese wunderbare Fügung vernimmt! Diese Nacht noch muß ich ihm diese Freudennachricht schreiben." Es war bereits Mitternacht, bis Karl auf sein Zimmer kam. Allein es wäre ihm unmöglich gewesen, zu Bette zu gehen. Er setzte sich an den Schreibtisch, der in dem Zimmer stand, und schrieb an seinen theuren Pflegvater, den ehrwürdigen Pfarrer, so ausführlich, so begeistert, daß er noch bey der brennenden Wachskerze saß und schrieb, als die goldene Morgenröthe bereits zum Fenster herein strahlte und das Kerzenlicht überflüssig machte.

ACHTES KAPITEL. KARLS PFLEGEVATER.

Karl lebte auf seinem väterlichen Schlosse so vergnügt, als wäre er in den Himmel versetzt. Je mehr er seine Mutter kennen lernte, desto mehr mußte er die vortreffliche Frau verehren. Eben so mußte er seine Schwester, die unermüdet fleißig, und dabey immer fröhlich und freundlich war, mit jedem Tage mehr schätzen. Seine Ankunft in Waldheim hatte indeß noch eine andere glückliche Folge für ihn. Das Schloß, das vorhin das Eigenthum seiner Väter gewesen, war gegenwärtig nur mehr der Wittwensitz seiner Mutter; allein jetzt konnte er dieses Schloß wieder als sein väterliches Erbtheil zurück fordern, und die Bewohner unten in dem Dorfe und einigen benachbarten Weilern als seine künftigen Unterthanen ansehen. Seine Mutter führte ihn daher voll Freude überall im Schlosse herum, zeigte ihm die Umgebungen des Schlosses nebst den Gütern, die dazu gehörten, und redete mit ihm sehr vieles über seine künftige schöne Bestimmung, zum Glücke der Bewohner dieses kleinen Thales so vieles beytragen zu können.

Unter solchen Gesprächen saßen Frau von Waldheim, Karl und Emilie einmal am Nachmittage auf der eichenen Bank, die, nebst einem ähnlichen ländlichen Tische, auf einem schönen, mit Kies beschütteten Platze vor dem äußern Thore des Schloßhofes stand, und von zwey dichten Kastanienbäumen beschattet war. Da sahen sie einen ehrwürdigen Greis mit schneeweißen Haaren und schwarzer Kleidung auf sich zukommen, der einen ziemlich langen Reisestab in der Hand führte und einen dreyfach aufgeschlagenen Hut unter dem Arme hielt. „Gott im Himmel! mein Pflegevater! rief Karl, indem er aufsprang und mit weit offenen Armen auf ihn zu eilte. Ists möglich, Sie sind es, liebster, bester Herr Pfarrer! Wie kommen Sie hieher?"

„Lieber Karl! theurer Pflegesohn! sprach der Pfarrer; sobald ich deinen Brief erhalten hatte, war ich sogleich entschlossen, ungeachtet meines hohen Alters die weite Reise hieher noch zu machen. Ich hielt aus wichtigen Gründen meine Gegenwart dahier für nützlich, ja für nothwendig. Auch war es mein lebhaftester Wunsch, die Mutter und Schwester meines lieben Pflegesohnes kennen zu lernen, und die Freude, die Gott allen Dreyen beschert hat, nicht nur in weiter Ferne, sondern an Ort und Stelle zu theilen." Karl fiel ihm um den Hals, und die Mutter und Emilie konnten nicht Worte genug finden, dem edlen Manne ihre Dankbarkeit auszudrücken.

Der ehrwürdige Greis, den das Ersteigen des Berges ermüdet hatte, setzte sich nun zu ihnen auf die Bank. Frau von Waldheim both ihm Erfrischungen an. Allein dem edlen Greise war es jetzt gar nicht um Speis und Trank. Er fing sogleich an mit eben so viel Einsicht als Rührung von den wunderbaren Wegen der göttlichen Vorsehung zu reden; er sagte hierauf, was nun zu thun sey, damit der Landesfürst Karln als einen jungen Herrn von Waldheim anerkenne; auch sprach er noch sehr ausführlich davon, was Karl noch alles zu lernen habe, um ein weiser und guter Vater seiner künftigen Unterthanen zu werden.

Indessen kamen Rosalie und ihre Tochter, wie gewöhnlich, auf Besuch. Frau von Waldheim stellte beyde dem ehrwürdigen Pfarrer vor. „Sehen Sie, mein lieber Herr Pfarrer, sagte sie, dieses da ist das gute Kind, das uns mit dem Lamme ein so segenreiches Geschenk gemacht hat, und hier ist ihre Mutter, die das Halsband mit den drey entscheidenden Buchstaben geziert hat." Der edle Pfarrer freute sich sehr, die gute Rosalie und ihre Tochter kennen zu lernen, und grüßte beyde auf das freundlichste.

Frau von Waldheim trug nun Rosalien auf, den Thee, nebst Brod und Butter, Wein und Obst unter die Kastanienbäume herab zu bringen. Emilie und Christine aber schlichen sich fort, zierten das Lämmchen, das immer rein und weiß war wie Schnee, mit Kränzen von frischem grünen Laub und jungen, halbgeöffneten Rosen, legten ihm das goldgestickte Halsband an, und führten es dem Herrn Pfarrer vor. Der freundliche Greis betrachtete es mit Wohlgefallen, streichelte es und sagte zu Frau von Waldheim und zu Emilien: „Sie haben mich mit den zwey werthen Personen, durch die Ihnen Gott ein so großes Glück bereitete, bekannt gemacht, und sogar das Lamm nicht vergessen, das, ohne es zu wissen, zu diesem Glücke so vieles beygetragen hat. Nun muß ich Sie aber auch noch den Mann kennen lehren, der nach Gott die vorzüglichste Ursache dieser erfreulichen Ereignisse war, und der das Größte that, was Menschen thun konnten, Ihrer aller Glück zu gründen. Ich meyne jenen edelmüthigen Soldaten, der sich mit Gefahr seines eigenen Lebens muthig in den Rhein stürzte, und unsern lieben Karl hier, als ein zartes unmündiges Knäblein, aus den reißenden Fluthen glücklich herausholte."

„Der gute Mann hatte, seit dem er jene edle That vollbrachte, sehr vieles auszustehen. Erlauben Sie, daß ich Ihnen das Wesentliche davon kurz erzähle. Er machte mehrere Feldzüge mit, hatte unsägliche Mühseligkeiten zu erdulden und wurde endlich schwer verwundet. Er und eine Menge anderer Verwundeter wurden auf Wagen geladen und weiter geführt. Nun traf sichs, daß der lange Zug von Wagen an dem Hause eines Wollfärbers vorbeykam, der außen vor dem Thore eines kleinen Städtchens nahe am Wasser wohnte. In diesem Hause war der brave Krieger ehemals einige Wochen im Quartier gelegen, und hatte dem Färber, dessen Wohnung dem Uebermuthe der Soldaten am meisten ausgesetzt war, ganz ungemeine Dienste geleistet, und ihm Vermögen und Leben gerettet. Der Färber schaute eben jetzt aus dem Fenster, die Wagen vorüber ziehen zu sehen — und erblickte unter den Verwundeten seinen ehemaligen Beschützer, der sich auf dem Wagen mühsam aufrichtete und sehnlich zu den Fenstern heraufsah. Augenblicklich eilte der Färber hinab, grüßte ihn, und bath den Offizier, der den Zug begleitete, den armen todtschwachen Mann ihm zu überlassen. Der Feldarzt ward gerufen und dieser erklärte, der Mann werde ohnehin, wie schon hundert Andere, das Militärspital nicht mehr erreichen und zuverläßig unterwegs sterben. Man solle ihn also ohne weiters in das Haus des barmherzigen Mannes bringen, so würde der arme Leidende wenigstens für seine letzten Augenblicke noch einige Erleichterungen finden."

„Der Färber nahm nun seinen ehemaligen Hausfreund und Wohlthäter voll des herzlichsten Mitleids in sein Haus auf. Die sorgfältigste Pflege und der Fleiß des geschickten Wundarztes im Orte retteten ihm wider alle Erwartung das Leben; nur blieb er noch lange Zeit so schwach, daß er nicht weiter reisen, auch keine etwas schwere Arbeit verrichten konnte. Der Färber, der ein reicher Mann war und ein sehr weitläuftiges Gewerbe hatte, behielt ihn aber sehr gerne bey sich, und der dankbare Krieger, der eine sehr schöne Handschrift hat, besorgte ihm seinen Briefwechsel und führte ihm sein Handlungsbuch mit dem größten Fleiße und mit der pünktlichsten Genauigkeit. Beyde gewannen einander immer lieber, und lebten zusammen in wahrhaft brüderlicher Eintracht."

„Allein nun änderte sich auf einmal die Sache. Der brave Soldat war kaum vollends hergestellt und wieder zu Kräften gekommen, so starb der ehrliche Färber sehr unvermuthet hinweg. Der Tod hatte ihn zu schnell übereilt, sonst würde er seinen Freund sicher in seinem Testamente bedacht haben. Sein Vermögen fiel den Verwandten zu; die Färberey wurde verkauft; die hartherzigen Erben ließen den guten Mann mit leeren Händen abziehen. Er mußte sein Unterkommen weiter suchen. Er wollte jedoch zuvor zu seinem Regimente reisen, und, weil sein linker Arm etwas gelähmt blieb, um seinen Abschied bitten. Der Weg führte ihn nahe bey meinem Pfarrdorfe vorbey. Da regte sich natürlich in seinem Herzen der Wunsch zu erfahren, was aus dem Kinde geworden sey, das er einst aus dem Wasser gezogen hatte. Er besuchte mich — eben ein Paar Tage, nachdem Karl abgereist war. Ich hatte eine große Freude, den edelmüthigen Krieger wieder zu sehen behielt ihn bey mir, und sann nach, ob ich ihm nicht irgendwo ein angemessenes Plätzchen verschaffen könnte.

Da kam Karls Brief — mit der unerwarteten Freudennachricht. Ich hielt es für sehr zweckmäßig, den braven Mann mit hieher zu nehmen. Denn fürs Erste, dachte ich, wird sein Zeugniß, daß er in jenem Jahre und an jenem Tage ein Knäblein von etwa vier Jahren aus dem Rheine zog, und es nebst einem Päcklein mit dessen Kleidern, in dem sich jener Ring fand, mir übergeben habe, sehr dienlich seyn, zu erweisen, Karl sey wirklich der Sohn der gnädigen Frau von Waldheim, von dem man glaubte, er sey ertrunken. Fürs Zweyte hoffte ich, Karl werde gegen den Retter seines Lebens gewiß nicht unerkenntlich seyn — zumal der brave Mann treu wie Gold, im Schreiben und Rechnen sehr gewandt, besonders aber ein treflicher Forstmann ist, und dem künftigen Herrn von Waldheim in Verwaltung seiner Güter sehr nützliche Dienste leisten kann."

„O, wo ist er denn? Wo ist er?" riefen Frau von Waldheim, Karl und Emilie fast mit einer Stimme.

Der Pfarrer wandte sich um, winkte einem ordentlich gekleideten Manne, der bescheiden in einiger Entfernung stand, nahm ihn bey der Hand, stellte ihn der gnädigen Frau vor, und sprach: „Hier ist er — mein guter, ehrlicher, vortrefflicher Johann West!"

„Johann West! rief die arme Rosalie ganz außer sich. O Gott, er ist mein Mann!" Sie flog in seine Arme; sie begrüßte ihn zitternd und bebend vor Freudenschrecken.

Alle erstaunten über diese neue Fügung der göttlichen Vorsehung. Der Mann aber stand wie versteinert da. Es währte lange, bis er sich in dieses unverhoffte Glück finden konnte und endlich in Freudenthränen ausbrach. Die hocherfreute Rosalie rief nun ihrer Tochter zu: „O Christine, er ist dein Vater! O grüße ihn doch auch!" Christine, die bisher mit gefalteten Händen unbeweglich da gestanden, näherte sich ihm nun schüchtern, und er schloß sie unter heißen Thränen in seine Vaterarme. Alle drey hatten eine Freude — wie vor einigen Tagen Frau von Waldheim, Karl und Emilie sie gehabt hatten.

Nachdem sie sich von der ersten, ungestümen Freude erholt hatten, trat Karl herbey und umarmte den Retter seines Lebens mit unaussprechlicher

Rührung. Die Frau von Waldheim und Emilie aber bothen ihm freundlich die Hand, und überhäuften ihn mit Danksagungen und Lobeserhebungen. „Lieber West, sagte Frau von Waldheim, Ihr, Eure Frau und Eure Tochter sollen von diesem Augenblicke an in dieses Schloß aufgenommen seyn, und nie mehr von mir getrennt werden; und wenn ich, wie ich hoffe, meine Güter wieder zurück bekomme, so sollet Ihr eine solche Anstellung erhalten, mit der Ihr gewiß zufrieden seyn werdet."

NEUNTES KAPITEL.ALLGEMEINE FREUDE IM DORFE.

Die Frau von Waldheim hatte es nicht sogleich bekannt werden lassen, daß der fremde Jüngling, der sich auf ihrem Schlosse befand, ihr Sohn sey; sie wollte sich ihres Glückes einige Tage im Stillen ungestört freuen. Allein der Kutscher, der den Pfarrer und dessen Reisegefährten hergeführt, und seine Pferde unten im Wirthshause des Dorfes eingestellt hatte, plauderte alles aus. Als er Abends die Kutsche wusch und die Pferde tränkte, kamen mehrere Leute aus dem Dorfe, die eben Feyerabend gemacht hatten, herbey und fragten, wem die Kutsche gehöre? Denn eine fremde Kutsche war etwas Seltenes im Dorfe. Der Kutscher sagte: „Ich habe den Herrn Pfarrer hieher gefahren, der euren jungen gnädigen Herrn erzogen hat." „Ey was, riefen die Leute, der junge Herr ist ja als ein Kind ertrunken!" „Nein, sprach der Kutscher, er lebt, er ist droben auf dem Schlosse. Er wurde von dem Manne, der bey dem Herrn Pfarrer in der Kutsche saß, aus dem Wasser gezogen; sonst wäre er freylich ertrunken. Ich bin des Herrn Pfarrers sein Knecht, und habe euren jungen Herrn, als er noch klein war, viel hundert Mal auf dem alten Braunen, den ihr da stehen sehet, mit auf den Acker oder auf die Wiese reiten lassen. Der Karl ist aber auch ein recht braver, lieber junger Herr, und er hat auf mich, seinen alten Hanns, immer recht viel gehalten! Ihr werdet Freude an ihm haben und er wird euch zum Segen seyn."

Die Nachricht, der Baron Karl, der droben auf dem Schlosse geboren und in der Pfarrkirche zu Waldheim getauft war, den aber seine Aeltern einige Monate nach seiner Geburt mit sich fort genommen, und den man schon so lange für todt gehalten, sey wieder gefunden, verbreitete sich sogleich durch das ganze Dorf. Alles im Dorfe, Jung und Alt, lief voll Freuden dem Schlosse zu. Da die Leute aber die Herrschaft auf der Bank unter den Kastanienbäumen erblickten, blieben sie in einiger Entfernung stehen. Es sammelte sich ein dichtgedrängter Kreis von Vätern, Mütter und Kinder — ohne daß die Herrschaft und die übrige Gesellschaft in ihrer großen Freude es sogleich in Acht nahmen.

Die Frau von Waldheim bemerkte es zuerst, und fragte: „Was wollen denn die vielen Leute?" Die Köchin, die eben zum zweyten Male heißes Wasser zum Thee brachte, weil das erstere kalt geworden war, sagte: „Die Leute möchten gern den jungen gnädigen Herrn sehen; sie haben es den Augenblick erst erfahren, daß er da sey."

Der würdige Pfarrer sprach: „Das ist schön! Das gefällt mir von den Leuten! Erlauben Sie, gnädige Frau, daß ich den wackern Leuten meinen Pflegesohn als ihren künftigen Gutsherrn vorstelle, und ihnen einige Worte an das Herz lege." Der edle Greis nahm gerührt sein schwarzes Sammetkäppchen von seinem ehrwürdigen schneeweißen Haupte, stand auf, trat etwas vorwärts, blickte mit Thränen im Auge zum Himmel und fing dann ganz begeistert an zu reden:

„Ihr Aeltern und Kinder, Ihr Väter und Mütter, Söhne und Töchter, tretet näher, und sehet und höret, was Gott Eurer gnädigen Herrschaft und auch Euch für eine große Freude bereitet hat!"

„Gott, ohne dessen Wissen kein Sperling vom Dache fällt und der die Haare unsers Hauptes gezählt hat, ist wunderbar in seinen Wegen und weiß alles weislich zu fügen. Er, der Gott der Wittwen und Waisen, der Vater aller Leidenden und Bedrängten, lebt noch, und nimmt sich ihrer stets, und oft so wunderbar an, daß wir es deutlich mit Augen sehen und gleichsam mit Händen greifen können. Nicht das geringste Gute läßt Er, der reiche Vergelter, unbelohnt, und belohnt es oft schon hier auf Erden auf eine herrliche, göttlichschöne Weise."

Der würdige Pfarrer erzählte nun die vorzüglichsten Begebenheiten der Geschichte, die seinen Zuhörern noch unbekannt waren, und fuhr dann weiter fort.

„Seht, so herrlich belohnte Gott Eure edle gnädige Frau für ihre menschenfreundliche Güte, mit der sie sich der armen, kranken Rosalie, die sich für eine Wittwe hielt und ihren Mann als todt beweinte, angenommen — so schön vergalt Er ihr, dieser wahrhaft gnädigen Frau, die Barmherzigkeit, die sie Rosaliens Tochter, der armen Christine, erwiesen hat! Gott gewährte ihr die größte Freude, die ihr in ihrem eigenen Wittwenstande werden konnte, und ließ sie ihren eigenen geliebten Sohn wieder finden!"

„Reichlich segnete Gott Fräulein Emilien hier für ihr Mitleid gegen ein armes Mädchen und für ihre freundliche Güte, die nichts von Stolz weiß. Sie begegnete der armen Christine so freundlich und liebreich, als wäre Christine ihre eigene Schwester — und Gott machte dem guten Fräulein dafür die unerwartete Freude, ihren eigenen lieben Bruder wieder zu finden."

„Herrlich belohnte Gott die arme Rosalie, daß sie die Leiden ihrer Krankheit und ihrer Armuth so geduldig ertrug, ihre Tochter so gut erzog, sie zur Redlichkeit, zur Dankbarkeit, zum Fleiße, zur Reinlichkeit und jeder anderen Tugend anhielt. Diese gute Erziehung brachte der guten Mutter jetzt schon die erfreulichsten Früchte und verwandelte ihre Leiden in Freuden!"

„Schön vergalt Gott der guten Christine ihr Mitleid gegen ein verlornes Lamm, ihren Gehorsam gegen ihre Mutter, die Redlichkeit, mit der sie das Lamm dem Eigenthümer zurück gab, die Dankbarkeit, mit der sie es dem Fräulein hier zum Geschenke machte. Diese liebenswürdigen Eigenschaften gewannen ihr die Zuneigung Eurer gnädigen Frau und Fräulein Emiliens, waren die Veranlassung, daß sie ihren Vater wieder fand und werden sie auch fernerhin glücklicher machen, als der reichste Brautschatz sie machen könnte."

„Wie wunderbar führte Gott Euren jungen gnädigen Herrn in die Arme der geliebten Mutter, die ihn längst für todt hielt, zurück, um ihn für seinen Fleiß, seinen Gehorsam, sein gutes Betragen von der zartesten Kindheit an, zu segnen, sein kindliches Gefühl gegen seine Mutter, die er nicht kannte, zu belohnen, und sein herzliches, inniges Gebeth dort in dem Walde gnädig zu erhören!"

„Wie augenscheinlich belohnte Er die edle Handlung des wackern Kriegers hier! Ach, der gute Mann sprang voll herzlichen Erbarmens in das Wasser, um mit Gefahr seines eigenen Lebens dem Kinde einer trauernden Wittwe das Leben zu retten. Dafür erbarmte sich Gott auch über desselben Weib und Kind, rettete sie aus Noth und Mangel, erweckte edle Herzen, die sich ihrer gütig annahmen, und ließ ihn Mutter und Kind, von denen er ungeachtet aller seiner Nachforschungen nichts mehr erfragen konnte, wieder finden! Vater, Mutter und Kind sehen nun nach vielen überstandenen Leiden ruhigern und glücklichern Tagen entgegen."

„Und dieses alles führte Gott durch dieses Lamm hier aus, das als ein liebliches Bild der Unschuld, weiß wie Lilien und mit jungen Rosen geschmückt, in Eurer Mitte steht. Er, der liebe Gott, ließ es verloren gehen; Er leitete Christinens Tritte, daß sie es fand; Er bewegte das Herz des ehrlichen Landmanns, es ihr zu überlassen; Er gab Christinen und ihrer Mutter in den Sinn, es Emilien zu schenken; Er führte das Lamm gleichsam an der Hand dem reisenden Jünglinge zu, um ihn in die Arme der geliebten Mutter zu führen. Er setzt ihn durch ein Lamm wieder in seine Güter ein, und bereitet dadurch auch Euch ein großes Glück. Denn ich kann Euch versichern, Karl ist ein edler, hoffnungsvoller Jüngling. Er fürchtet Gott und liebt die Menschen. Er wird Euch und Euren Kindern ein guter milder Herr seyn."

„Und sollte nun Gott, der den Lebenslauf eines Lammes so sicher leitet, den Eurigen ausser Acht lassen können? O mit mehr Liebe und Mitleid, als Christine das Lamm hier aufnahm, trägt Er euch alle am Herzen."

„Meine geliebten Freunde! Wie könnte ein Diener des Evangeliums ein Lamm sehen, ohne daß ihm Derjenige zu Sinne käme, der gleich einem schuldlosen Lamme zum Besten seiner lieben Menschen verblutete und der sich selbst öfter einem guten Hirten verglich! Ja, Er, dessen Diener ich bin, dessen Evangelium ich predige, ist der ewig treue, liebevolle Hirt unser Aller. Er kennet alle seine Schafe, Er nennet sie mit Namen, Er ruft sie mit sanfter Stimme, Er lenkt sie mit seinem milden Hirtenstabe, Er beschützt sie vor Gefahren, Er weidet sie. Er sucht die verlornen auf; Er möchte jedes gleichsam auf seinen Schultern in den Himmel tragen! Vertrauet Ihm daher vom ganzen Herzen!"

„Laßt uns aber auch seine Stimme hören und Ihm folgen, und Gutes thun, so viel wir können. Denn seht, Gott bedient sich unsrer guten Handlungen, uns und Anderen große Freude, Segen und Heil zu bereiten. Hätte zum Beyspiele Eure gnädige Frau gegen die arme, kranke Rosalie sich nicht so wohlthätig erzeigt; wäre Emilie gegen die arme Christine nicht so freundlich gewesen, ja hätte sie ihr auch nur das kleine Halstuch nicht geschenkt; hätte Christine etwa aus Eigennutz Emilien das Lamm nicht schenken mögen; oder hätte Christinens Mutter nicht aus herzlicher Dankbarkeit das schöne

Halsbändchen gestickt; hätte Karl nicht eine so kindliche Liebe zu seiner Mutter gehabt, sich nicht so nach ihr gesehnt, dort im Walde nicht so innig gebethet: so wäre alles nicht so gegangen, und der heutige Tag wäre nicht für uns alle ein so großer Freudentag geworden. So bringt alles, auch das kleinste Gute, das wir thun, reichen Segen über uns und Andere. Edle Handlungen sind Perlen, die Gottes heilige Vorsicht nicht verloren gehen läßt, sondern sie gleichsam an eine Schnur reihet; gute Thaten sind goldene Ringe, aus denen Gott eine goldene Kette herrlicher und erfreulicher Begebenheiten zusammen fügt."

„Ihr aber, meine lieben Kinder, beschloß der Pfarrer seine Anrede, in dem er sich zu den Kindern wandte, ihr Größern, die ihr mir so aufmerksam zugehört habt, und ihr Kleinern, die ihr nur nach dem niedlichen weißen Lämmchen hinblickt, das so schön mit Rosen geschmückt in eurer Mitte steht — euch alle wolle Gott segnen — und geben, daß ihr alle so unschuldig bleibet, wie ein Lamm, und so sanft und geduldig, wie ein Lamm, wenn ihr, wie manches arme Lämmchen, unter rauhe Hände fallen solltet. Er, der das Leben für seine Schäflein gab, wolle euch in seinen Armen und an seinem Herzen tragen; Er wolle euch in seinen mächtigen Schutz nehmen, wenn das Verderben eurer Unschuld droht, wie ein grimmiger Wolf einem sanften, schuldlosen Lamme. Ihr holden Kleinen seyd ja auch die Schäflein seiner Heerde! Er wolle euch ewig nicht seinen Händen entreissen lassen."

So redete der Pfarrer; sein Angesicht war von den Strahlen der untergehenden Sonne beleuchtet, und sein ehrwürdiges weißes Haar glänzte in dem hellen Abendschimmer. Er stand da mit seinen zum Himmel gerichteten Blicken voll Thränen wie verklärt — und alle, die ihn hörten, hatten Thränen in den Augen und neues Vertrauen auf den Gott, der alles wohl macht, kam in ihr Herz, und erquickte es sanft, wie der Thau, der bereits die Blumen im Thale erfrischte. Die guten Landleute gingen alle gerührt und voll guter Vorsätze nach Hause. „Das ist schön gewesen! sagten sie auf dem Heimwege zu einander, und eine solche allgemeine Freude ist wohl, seit das Dorf steht, noch nicht erlebt worden."

ZEHNTES KAPITEL. EIN KINDERFEST.

Die Frau von Waldheim reisete nun mit Karl in die Residenz, stellte diesen ihren wieder gefundenen Sohn dem Fürsten vor, und bath um die Wiedereinsetzung in ihre Güter. Der ehrwürdige Pfarrer, und der wackere West waren auch mitgekommen, um durch ihr vereintes Zeugniß zu beweisen, Karl sey wirklich ein junger Herr von Waldheim. Der Fürst hörte sie sehr gnädig an, fand die vorgebrachten Beweise vollkommen hinreichend und befahl, die Güter unverzüglich ausfolgen zu lassen; verordnete jedoch, daß die Frau von Waldheim, so lange bis Karl das gesetzliche Alter erreicht haben würde, die Verwaltung der Güter übernehmen solle.

Voll Freude kam Frau von Waldheim mit ihrer Reisegesellschaft zurück auf ihr Schloß. Der würdige Pfarrer reisete nach einen Paar Tagen unter den dankbaren Thränen der Frau von Waldheim, Karls und Emiliens ab, um sich wieder zu seiner geliebten Pfarrgemeine zu begeben. Karl bezog, reichlich ausgestattet und unter glänzendern Umständen als vorhin, die hohe Schule. Den trefflichen West aber ernannte die gnädige, nunmehr wieder gebiethende Frau, nachdem er seiner Kriegsdienste entlassen war, zu ihrem Rentmeister, und übergab ihm, als einem sehr geschickten Forstmanne, zugleich die Oberaufsicht über die Waldungen, die zu dem Gute gehörten und sehr ansehnlich waren.

Nachdem Karl seine Studien rühmlichst vollendet, dann zu seiner weiteren Belehrung und Bildung eine große Reise gemacht, und nunmehr seine Herrschaft übernommen hatte, saß er eines Abends mit seiner Mutter und mit Emilien, die nun eine erwachsene schönblühende Jungfrau war, auf der eichenen Bank nächst dem Schloßthore. Es wurden eben die Schafe eingetrieben, deren Frau von Waldheim sehr viele angeschafft hatte. Auch jenes Lamm hatte sich zu einer kleinen Heerde vermehrt, die aber von Emilie als ihr besonderes Eigenthum betrachtet wurde. Karl und Emilie unterhielten sich damit, die Schafe und Lämmer zu zählen. „Nun Kinder, fing die Frau von Waldheim an, als die Heerde vorbey getrieben war, können wir den Gedanken ausführen, mit dem ich Euch schon längst bekannt gemacht habe. Die Heerde ist jetzt zahlreich genug. Morgen ist es abermals ein Jahr, daß Gott mir und Euch, meine lieben Kinder, durch jenes Lamm eine so unbeschreibliche Freude gemacht hat, an der alle Aeltern und Kinder unsrer kleinen Gutsherrschaft den herzlichsten Antheil genommen haben. Der morgige Tag soll daher ein allgemeines Kinderfest werden für das ganze Dorf und alle dazu gehörige Orte. Ja, auch die Aeltern sollen nicht leer ausgehen." Frau von Waldheim ging nun mit Karl und Emilien in den Schloßhof, suchte eine Anzahl der schönsten Schafe heraus und befahl dem Schäfer, sie besonders einzuschließen. Am folgenden Morgen geboth sie den Mägden im Schlosse, die Schafe reinlich zu waschen, und die Mägde wetteiferten, es nur recht schön zu machen. Die Schafe wurden fast so weiß wie Schnee, und Emilie und Christine schmückten sie überdieß noch mit rosenfarbenen Bändern.

Frau von Waldheim ließ nun alle Kinder des Dorfes und des umliegenden Thales, die in die Schule zu Waldheim gingen, einladen, nachmittags um zwey Uhr auf das Schloß zu kommen. Die Kinder, Knaben und Mägdlein, kamen mit tausend Freuden, und waren wohl schon eine Stunde früher in ihrem schönsten Aufputze vor dem Schloßthore versammelt. Zur bestimmten Zeit wurden sie in den Schloßhof gerufen. Und sieh — da stand zu ihrem Erstaunen eine lange Tafel, fast so lang, als der Schloßhof, und auf der Tafel erblickten sie, zu ihrer nicht geringen Freude, große schöne Kuchen, blinkende Schüsseln, aufgehäuft voll mit allerley Backwerk, und zierliche Körbchen, aus denen ihnen Aepfel, Birnen und Pflaumen, roth, gelb und blau entgegen lachten. Auch standen einige große gläserne Flaschen mit dunkelrothem Methe dazwischen. Die Kinder mußten nun auf den langen Bänken zu beiden Seiten des Tisches, und zwar auf einer Seite die Knaben und auf der andern die Mädchen, Platz nehmen, und es wurde ihnen von allem reichlich vorgelegt. Da sah man nun lauter fröhliche Gesichter. Die Kinder ließen es sich recht wohl schmecken, und vergaßen auch nicht von dem süßen Methe auf die Gesundheit der gnädigen Frau, Karls und Emiliens zu trinken.

Nachdem alle satt waren, ertönten auf einmal fröhliche Schallmeyen. Die Söhne des Schäfers zogen mit dieser ihrer ländlichen Musik in den Schloßhof; die reinliche, schön geschmückte Schafheerde folgte ihnen, und der alte Schäfer machte den Beschluß. Die Kinder hatten an den schönen Schafen große Freude, und bald rief dieses, bald jenes: „O wie schön! So schöne blüthenweiße Schafe, die mit so schönen rothen Bändern geziert sind, haben wir noch nie gesehen." Aber wie groß war erst die Freude der Kinder, als sie hörten, die Schafe sollten unter sie vertheilt werden, und die Kinder jedes Hauses sollten zusammen ein Schaf bekommen. Die Frau von Waldheim wollte die Schafe durch das Loos vertheilen lassen, um die Vertheilung unterhaltender zu machen und jeden Schein von Partheilichkeit zu vermeiden. Jedes Schaf hatte ein Blatt mit einer Nummer anhängen. In einem großen irdenen Topfe befanden sich auf zusammen gerollten Blättchen eben die Nummern, wie an den Schafen. Nun mußte ein Kind nach dem andern eine Nummer ziehen, und sobald es gezogen hatte, erschallten die Schallmeyen und spielten so lange fort, bis das Schaf mit eben derselben Nummer aus der Heerde herausgefunden war. Die Begierde der Kinder bey dem Ziehen, die Erwartung, welches Schaf dem ziehenden Kinde zu Theil werden würde, die Freude des Kindes, wenn ihm das Schaf wirklich übergeben wurde, lassen sich gar nicht beschreiben. Der ganze Schloßhof war voll Jubel.

Nachdem die Schafe alle vertheilt waren, zogen die Kinder damit hinab in das Dorf. Die Schäferssöhne mit ihren helltönenden Schallmeyen gingen voran, die Schafe von den Kindern begleitet folgten, und der alte Schäfer beschloß den Zug. Gleichsam im Triumpfe zogen sie in dem Dorfe ein. Als die Leute die Schallmeyen und das Jubeln der Kinder hörten, und die schöngeschmückten Schafe erblickten, wunderten sie sich sehr, was doch dieses alles zu bedeuten habe. Allein da sie vernahmen, daß die gnädige Herrschaft die Kinder so gütig beschenkt habe — da hätte ihre Freude kaum größer seyn können. Viele Aeltern vergossen über die mildthätigen Gesinnungen ihrer gnädigen Herrschaft Freudenthränen.

In jene Häuser, wo sich kein Schulkind befand, schickte Frau von Waldheim dennoch ein Schaf hin; den wackern Bauersleuten aber, die einst die arme Rosalie so liebreich in ihr Nebenhäuschen aufgenommen hatten, schenkte sie zehn Schafe. Auch den ehrlichen Bauern und die gute Bäuerin auf dem Eichhofe, die einst der kleinen Christine jenes Lamm geschenkt und sie so freundlich zum Nachtessen eingeladen hatten, vergaß sie nicht. Da diese Leute sehr reich waren, und noch immer Schafe genug hatten, so ließ sie auf den folgenden Sonntag beyde zum Mittagsessen einladen, und der Bauer versicherte öfter, diese Ehre schätze er viel höher, als wenn die gnädige Frau ihm hundert Schafe geschenkt hätte.

Am andern Morgen kamen alle Hausväter aus dem Dorfe in ihren Sonntagskleidern auf das Schloß, der gnädigen Herrschaft für die erzeigte Wohlthat zu danken. Nun nahm Karl das Wort und sagte: „Liebe Männer! Ihr wißt, als ein armer Jüngling, der beynahe nichts hatte, als seinen Stab, wanderte ich einst durch diese Gegend. Durch ein Lamm half mir Gott wieder zu meinem väterlichen Erbtheile, und machte mich so glücklich, der Gutsherr von Euch lieben Leuten zu werden. Meine Mutter, meine Schwester, und ich wünschten, daß die Wohlthat, die Gott uns durch ein Lamm erwies, auch noch für unsre und Eure Nachkommen unvergeßlich bleiben, und ihnen noch zum Segen werden möchte. Hört deßhalb, was wir beschlossen haben!"

„Das Recht in unserm Dorfe hier Schafe zu halten, gehörte bisher Ausschließungsweise der Herrschaft zu. Dieses Recht sollt ihr von dem heutigen Tage an nun alle genießen. Deßwegen gab meine Mutter Euren Kindern zu einem kleinen Anfange die Schafe. Gott wolle sie Euch segnen!"

„Ich hoffe, Euer Ackerbau soll durch die Schafzucht sehr verbessert werden, nach dem alten Sprichworte: Die Fußtritte der Schafe verwandeln sich in Gold. Aber auch den Aermern, die keinen Acker haben, wird wenigstens Wolle und Milch sehr gut kommen."

„Ich werde die Anstalt treffen, daß die Wolle, die wir gewinnen, sogleich in unserm Dorfe verarbeitet werde, und ich hoffe, es soll noch der Tag kommen, daß die Kleider aller Bewohner meiner Herrschaft von selbst gewonnener Wolle verfertigt seyn werden. Gott gebe seinen Segen dazu!"

Karls Wunsch ging auch vollkommen in Erfüllung. Die arme Rosalie, nunmehr Frau Rentmeisterin, und ihre Tochter Christine gaben Unterricht im Wollspinnen und Stricken. Ein Tuchmacher, ein Hutmacher und ein Strumpfwirker zogen auf Karls Veranstaltung in das Dorf. Es wurden sehr schöne Tücher von allen Farben und auch sehr gute Hüte und Strümpfe verfertigt. Karl bemerkte oft mit Rührung, wie Groß und Klein im Dorfe vom Haupte bis zu den Füssen mit selbst gewonnener und verfertigter Kleidung versehen waren, und wie alle Getreidfelder des ganzen Thales in einen blühenderen Zustand kamen und reichlichere Früchte trugen.

Emilie verlegte sich noch besonders auf die Stickerey mit gefärbter Wolle. Sie hatte von ihrer kleinen Heerde einen Vorrath an Wolle gesammelt, die von sehr feiner Art war. Der Rentmeister West legte ganz unerwartet ein neues Talent an den Tag. Er hatte von seinem Färber gelernt, der Wolle alle Farben, und jeder Farbe alle mögliche Abstufungen zu geben, von dem hellsten Lichte bis zum dunkelsten Schatten. Emilie war daher in den Stand gesetzt, ganz vorzüglich schöne Stickereyen zu verfertigen. Karl machte dazu die Zeichnungen und Christine leistete ihr dabey trefliche Hülfe. Sie stickten bunte Blumenkränze und niedliche Körbchen voll Blumen von allen Farben, große Rosensträuche, die mit halb und ganz aufgeblühten Rosen und reichlichem grünem Laube prangten, ja ganze Landschaften, in denen Baumschläge, Felsen, Wasserfälle und dergleichen zu sehen waren, und die mit Gewinden von Reblaube und gelbgrünen und purpurblauen Trauben dazwischen oder mit andern schönen Verzierungen eingefaßt waren. Emilie richtete so nach und nach ein ganzes Zimmer im Schlosse sehr schön ein. Der Teppich auf dem Tische, die Ueberzüge der Sessel und des Kanapees und auch der Fußteppich waren auf diese Art gestickt, und wer hineintrat, erstaunte über die Pracht der lebhaften Farben, die Richtigkeit der Zeichnung, und die kunstreiche Schattirung.

Da alle die schön gefärbte Wolle, die dazu verwendet worden, ursprünglich von jenem einzigen Lamme herkam, so machte Karl, nunmehr, gnädiger Herr von Waldheim, eine sehr schöne, große Zeichnung, in der er den ihm unvergeßlichen Augenblick abbildete, in dem er Mutter und Schwester vermittelst des Lammes wieder gefunden. Ganz im Vordergrunde auf der Felsenbank unter den Eichen zeichnete er seine Mutter nebst ihrer Gesellschafterin Rosalie. Weiterhin in dem Walde erblickte man Emilie und Christine und ihn selbst, und in ihrer Mitte befand sich das Lamm. Er hielt in einer Hand den Ring und deutete mit dem Zeigefinger der andern Hand auf die goldenen Buchstaben, die auf dem rothen Halsbande des Lämmchens deutlich zu sehen waren. Emilie aber zeigte mit ausgestrecktem Arme nach der Gegend hin, wo ihre Mutter saß, als wollte sie sagen: „Dort ist sie!" Karl mahlte die Zeichnung mit sehr lebhaften Farben vortrefflich aus, und die sehr kenntlichen Personen auf dem Bilde, die nebst dem Lamme von der untergehenden Sonne kräftig beleuchtet waren, machten zwischen den dunkeln Schatten des Waldes eine unvergleichliche Wirkung. Er hängte das Gemälde, in einen goldenen Rahmen gefaßt, in dem Zimmer auf, nachdem er zuvor mit goldenen Buchstaben die drey Worte darunter geschrieben hatte:

„Unter Gottes Leitung!"